SALZINGE

Für Petra

Richard Hebstreit

SALZINGE

KOMISCHE THÜRINGER GESCHICHTEN

Bibliografische Information der Deutschen Nationalbibliothek:
Die Deutsche Nationalbibliothek verzeichnet diese Publikation in der Deutschen Nationalbi-
bliografie; detaillierte bibliografische Daten sind im Internet über http://dnb.dnb.de abrufbar.

Herstellung und Verlag: BoD – Books on Demand, Norderstedt.
ISBN: 9783744887939

Bi ein Lied durch Salzinge ging

Zu Zeiten, als noch keine Straßenkehrmaschine durch Salzinge fuhr, hatte man in der Stadt einige trinkfeste Männer mit ziemlich kräftigen Oberarmmuskeln - welche vom manuellen Kehren der Straßen mit riesigen Reisigbesen kamen. Die Kehrer waren fast immer zu zweit, und zwar mit einem Blechkarren unterwegs. Einer kehrte den linken, der andere den rechten Bordstein; die Fußwege wurden nicht gekehrt, dafür waren die Anlieger zuständig. Der berühmteste Straßenkehrer, den Salzinge je hatte, war der Caprikarl - der aber weder Fischer noch in Süditalien je die Sonne untergehen sah oder gar in eine Marie verliebt war, eigentlich nur Salz- und Bismarck-Heringe kannte, die es jedoch in der Werra bei Salzinge nicht gab. Karl war nämlich ausgebildeter Operntenor und saß bei einem der ersten schweren Bombenangriffe 1942 in Berlin ein wenig zu lange im Keller, weil das Haus darüber zusammenstürzte. Ein großer Teil erstickte im Luftschutzkeller, ein kleinerer Teil, darunter der Karl, war darum seelisch krank und konnte seinen Beruf nicht mehr ausüben, lange nicht mehr das singen, was er sollte. Nach einer gelungenen Kur in Salzinge hatten sich jedoch seine beschädigten Lungen etwas erholt, und er hatte nun wieder mehr Luft und Lust zum Singen. Nur sein Gehirn funktionierte nicht mehr so ganz, weshalb Karl in Salzinge "Städtischer Arbeiter" wurde. Ab 1944 wurde ihm befohlen, "Wenn bei Capri die rote Sonne im Meer versinkt" nicht mehr öffentlich, vor allem beim Straßenkehren zu singen, denn das Lied war auch schon für den Rundfunk bzw. für Volksempfänger gesperrt, da die Amerikaner bereits auf Capri gelandet waren. Erst nach dem Krieg - bis Ende der 50er Jahre – sang Caprikarl das Lied wieder, bei seinem täglichen Feierabendbier auf der Bauerfeldkreuzung, wo im Hochsommer die Sonne rechts hinter der Krayenburg unterging. Fast jeder Stadtbürger, ob Genosse oder keiner, kannte dieses Lied, weil Caprikarl es immer wieder, und zwar aus vollster Kehle sang, mit tiefer Inbrunst, je später, umso tiefster! Rund vierzig Jahre danach, zur Karnevalszeit, tauchte in Salzinge das Lied "Wenn bei Capri die rote Sonne im Meer versinkt" bei zwei Geschehnissen wieder auf - obwohl sich Karl schon lange durch den ehemaligen Krematoriumsschornstein in den Opernsängerhimmel verabschiedet hatte! Die Sänger des Kalkofener Karnevalsvereines kolportierten – wie das zu bewerten wäre, überlasse ich dem Leser - "Wenn am Emmentaler Käsewerk die rote Sonne am Schornstein sinkt ....", zu einer Zeit, in der ein Professor der Pathologie, Hasso Eßbach aus Magdeburg, seiner neuen Bekanntschaft und Liebe in Salzinge, übrigens einer Apothekerin, den kleinen Kassettenrekorder aus dem Westen auf den nach Westen gerichteten Balkon stellte. Im noch kalten März, wenn in Salzinge die Sonne nicht rechts sondern links neben der Krayenburg untergeht. Da aber die Schornsteine von Dorndorf und Merkers - wie eigentlich jeden Tag rund um die Uhr - sehr viel Staub in den Werratalhimmel bliesen, sah fast jeder Sonnenuntergang in diesen Jahren so schön rot aus. Sogar ziemlich schön rot, fast so rot wie bei Capri. Dazu dudelte meistens das Caprisonnen-Lied von Rudi Schurike, und die Apothekerin erzählte dann gerne ein- oder mehrmals dem Professor Eßbach aus Magdeburg jenes Ereignis vom Februar, als ein Mann mit weißem Kittel und Stethoskop um den Hals sich ein Taxi nach Erfurt zum Krankenhaus bestellte. Der Mann mit Arzttasche – ganz offensichtlich ein Chirurg – ließ sich dann, äußerst dringend und schnell, nach Erfurt zum Hotel Erfurter Hof kutschieren. Dort gebot er dem Taxifahrer, eine Stunde zu warten. Nach über zwei Stunden wankte der Chirurg - gestützt von zwei Kellnern - wieder zum Taxi. Das zurück nach Salzinge fuhr, wo er dem Chauffeur ein Rezept gab, das ein Dr. Keller unterschrieben hatte, damit der es zum Krankenhaus Salzinge schicke. Als vom Hotel Erfurter Hof und vom VEB Kraftverkehr die beiden Rechnungen nach einigen Tagen in der Verwaltung ankamen, war man verdutzt. Weil der Doktor Keller an den angegebenen Terminen im Operationssaal des Krankenhauses operiert, nicht aber mit dem Taxi durch die Gegend über die Glasbach gekutscht und sieben Pilsener Urquell und zwölf Weinbrand Spezi im Erfurter Hof getrunken, geschweige denn zwei Cordon Bleu verspeist hatte! Nach der Befragung einiger anonymer sowie inoffizieller Mitarbeiter fand man jedoch bestätigt, dass der neu eingestellte Hausmeister und Heizer – jener, der den Hof viel zu schlecht kehrte und und auch ganz, ganz mies und unzuverlässig heizte - der Taxigast war! Außerdem habe ihn eine Mitarbeiterin des Krankenhauses gesehen, als der mit einer Halbliterflasche Wodka in das Taxi stieg. Wobei hier zu erwähnen ist, dass der Heizer frisch aus Untermaßfeld kam, von wo er von der Abteilung Inneres zu diesem Heizerjob nach Salzinge berufen wurde. "Solche windigen Hochstapler gibt es in Salzinge!", erzählte die Apothekerin dem Professor Hasso Eßbach aus Magdeburg - der dazu freundlich grinste und sein feingeschliffenes Sektglas zum Prosten erhob.

Wochenlang – sogar noch heute, als sie mir wieder einfiel! - wurde und wird diese Geschichte aus dem wahrhaftigen Leben in den vielfältigsten Varianten durch Salzinge kolportiert. Aber der angebliche "Professor Hasso Eßbach" erzählte sie nur seinem besten Freund und langjährigen Kollegen, bei einem Schichtwechsel in der Heizungsanlage des Universitätsklinikums. Welcher zwar nicht Professor wie der echte Professor Hasso Eßbach aus Magdeburg war, jedoch auf dem Gelände der Universität immer einen weißen Kittel trug, darum sogar die Telefonvermittlung der Klinik zu "Professor Hasso" in die Heizungsanlage durchstellte - der wegen dem Hofkehren äußerst muskulöse Oberarme und eine noch kräftigere Fantasie hatte! Und die Salzinger Apothekerin erfuhr übrigens an eigenem Leibe, dass ihr Hasso aus Magdeburg ein ebenso fantasievoller Heizer war wie der Doppelgänger des Dr. Keller, der aus dem Heizungskeller

Der Herr Honnung mit der Latte auf der Leiter ist nicht nett zu Vögeln

Der Herr Honnung war Malermeister und lebte zu einer Zeit in Salzinge, als eine Küchendecke noch nicht mit Latex, sondern mit geleimter flüssiger Kreide bemalt wurde. Vor dem Malern musste die alte weiße Kreidefarbe mit einer großen Quaste und viel Wasser abgewaschen werden. Wenn er seinen Lehrjungen nicht dabei hatte, stellte der Herr Honnung drei Eimer Wasser in die Küche. An seiner Leiter war eine Latte mit einem übergroßen Angelhaken befestigt, mit der er den ersten Eimer der nun ein Drittel abgewaschenen Decke herabließ und einen zweiten Eimer vom Boden der Küche sicher und gekonnt angelte. Dabei lief er mit der Leiter, die seine Beine verlängerten, sicher und gekonnt in der Küche herum und wusch die Decke ab wie den Rücken seiner Frau am Samstag. Mit den Wänden verfuhr der Meister ähnlich, nur dass er dann nicht mehr nur die weiße Farbe einsetzte, sondern ein lichtes Blau. Mit Gummirollen wurden dann ganz fix, sicher und gekonnt weiße, graue und dunkelblaue Muster auf die Wände gerollt, oft waren es Blümchen und Vögelchen mit langen Schwänzen. Je nachdem, wie viel Geld die Leute in der Zigarrenkiste für die Malermeister-Rechnung hatten, wurde ein Fries unter der Decke mit einer Grisaillie-Malerei – bei der mit Grau-Abstufungen eine

Pseudo-Räumlichkeit erzeugt wird - ausgeführt. Über die Küchentüre malte Honnung gerne eine große Rosette, weil er als wandernder Malergeselle die Welt gesehen hatte. Und zwar - vor dem Zweiten Weltkrieg - in Italien, Kroatien und Österreich, wo er Handwerkstechniken erlernte, die er noch bis in die 60er Jahre hinein an seine Lehrlinge weitergeben konnte. Die Malergesellen nach seiner Generation hatten in der DDR als höchste Qualifikation dann ja fast nur noch Rauhfasertapete an Wände und Decke zu kleben. Doch in Italien lernte er nicht nur die Schattenmalerei, sondern auch ein ganz anderes seltenes Handwerk, das in Thüringen wegen verschiedenster Gesetze inzwischen als „illegales Schattengewerbe" diskreditiert wurde. Honnung fing nämlich – dass das illegal sowie schändlich war, ignorierte er - Vögel jeglicher Art und verarbeitete sie in seiner Küche zu allem möglichen. Besonders gerne malte er halbnackte Frauen in grauweißer Farbe, wie die von Ingres, auch *à la* „Archetti"; die Vögel dafür fing er mit Rosshaarschlingen und Schwippgalgenfallen. Sie wurden überbrüht, gerupft, ausgenommen und dann in heißem Fett nach der Rezeptur von Henriette Davidis ausgebacken, ähnlich wie „Caille sur Canapé", also Wachtel auf gerösteten Weißbrotscheiben), oder man verputzte die Vögel ganz, mit Kopf und Knochen. Im Mund knisterte es dann, wie wenn man Knäckebrot veraspelte.

Wenn Honnung mal ein paar Vögel mehr gefangen hatte, lieferte er sie genau so wie die völlig legal geangelten Fische vom Salzinger Burgsee für ein paar Pfennige so mancher armen Mutter mit hungrigen Kindern bis auf den Küchentisch. Seine Angelstelle war am Burgsee unter zwei Erlen gegenüber der Treppe zur Kurhausstraße. Dort wo der Überlauf der Fäkaliengrube für die Küche des Kurhauses war. Er angelte kleine Rotfedern, Plötze und Bärschche. Die dickeren Karpfen schmiss er in den See zurück, weil die nach Kurgastpisse schmecken würden. Honnung meinte übrigens, ohne seine Vogelfängerkenntnisse und das „nackige Weiber malen" hätte er die russische Kriegsgefangenschaft nicht überlebt. Er arbeitete nämlich hinter dem sowjetischen Ural fünf Jahre als Holzfäller, hatte demnach genug Gelegenheit und Übung beim Fallenstellen. Jeder der russischen Wachtposten hatte dann eine halbnackige Frau über dem ebenfalls russischem Sofa hängen. Als er aus Sibirien zurückkam, Anfang der 50er Jahre, war in Salzinge oft Schmalhans Küchenmeister, und Geflügeltes gab es nicht mal auf Lebensmittelkarten, die eh nicht lange reichten. Ein wenig Wilderei wurde da anfangs kaum geahndet, obwohl in Thüringen die Jagd auf Singvögel schon seit etwa 1908 verboten ist. Rebhühner jedoch gab es nach dem Krieg noch massenhaft auf den Feldern um Salzinge; diese durfte man jagen und fangen. Da aber der Bleischrot einer Flinte jedes Rebhuhn zu arg zerfledderte, verzichteten die meisten Jäger darauf. Honnung nicht. Mit ein paar roten Vogelbeeren fing er die fetten Rehühner sogar im allertiefsten Winter, und mir wurde dann erst so richtig klar, warum die Vogelbeeren so hießen: Die dummen Hühner wurden von den roten oder orangenen Beeren angelockt und gingen schnell in die einfachen Schwippgalgenfallen; ein weiteres wichtiges Jagdwerkzeug war sein Fahrrad mit einem auf dem Gepäckträger gebundenem runden Weidenkorb. Sein Jagdrevier war oberhalb des jetzigen Fichtenweges und der Hersfelder Straße, nahe der Felder mit Raingräben und Büschen. Aber irgendwann erwischte ihn der Polizist Goschaller an den drei Eichen mit einem Rebhuhn im Korb, weil ihn ein futterneidischer Nachbar verpfiffen hatte. Wegen der saftigen Strafe beendete der vorletzte (!) Vogelfänger von Salzinge sein keinesfalls gottgefälliges Waidwerk mit Haselnussstöckchen und gemeinen Schlingen. Auf das Verspeisen von Vögeln völlig verzichten wollte Honnung trotzdem nicht; er verlegte sich stattdessen auf die Zucht von Tauben und Wachteln. Die armen Viecher lebten aber nie sehr lange, weil es bei ihm am Wochenende – und sonntags nach Kirchgang und Beichte! - oft Tauben oder Wachteln gab, ehe die Vögel auch nur fliegen konnten. Der pflichtbewusste und vermutlich noch im Ehebett Uniform tragende Goschaller wohnte übrigens im gleichen Haus wie ich, war allerdings äußerst arbeitseifrig und schrubbte oft am Samstag Dienst im Volkspolizeikreisamt und wohl vor allem wegen seiner Erfolge beim Wilddiebfang zum Hauptmann befördert worden. Ich jedoch – pflichtvergessen dem gottlosen Vorbild Honnungs folgend - demmelte am liebsten mein Moped SR2 an und fuhr zu den Feldern in Richtung Kaltenborn und Wildprechtroda, in der Tasche am Gepäckträger Stöckchen und Bindfaden. Am Abend eines erfolgreichen Tages rief dann Frau Goschaller von unten ins Treppenhaus: "Bei euch duftet es aber fein - was gibt es denne?" Meine Mutter rief zurück: "Tauben vom Honnung!" Denn es gibt eben sehr viele Auslegungen, was „Verbundenheit mit der Natur" sowie Kunst sind, und viele davon schmecken sogar sehr gut! Die fliegenden Ziegen von Polsemich

"In Polsemich hann´se Zieche, die flieche", meint der Uffläder zum Brauerlehrling Sixe Schorsch, als man am Mittwoch, den 24. Mai, am Vortag des Himmelfahrtstages 1933 vier Fässer Vereinsbrauerei AG - Bier mit einem Pferdewagen in Richtung Langenfeld kutschiert. Der Vater vom Georg arbeitete im Eiskeller der Aktiengesellschaft am Burgsee und hat das Eis und die Bierfässer mit seinem Sohn in die Eis-Strohkisten des Pferdewagens geladen. Deshalb darf er auch mit fahren. Auch wegen der Ziegensteine, die er am Vortag bei Gottlieb de Lacum am Markt für die Polsemichliet, de Polsemicher geholt hat. Gottlieb de Lacum handelt neuerdings auch mit Viehsalz und hat das Geld für die Ziegensteine schon Ostern erhalten. Ziegensteine ist Salz für Huftiere als Zufutter zur Gesunderhaltung der Tiere. Ungläubig zieht der vierzehn jährige Salzunger Jung die Augenbrauen hoch und grinst spitzbübisch "Zieche, die flieche könne, ich glais net!" murmelt er vor sich hin. Von Polsemich, Polz am Bach hat er schon gehört und das dort nur Gesellen und Meister am Himmelstag zum Pleß wandern, um viel zu saufen, viel zu rauchen und viel zu fressen. So viel, das einige nicht zum Pleß kommen, kaum mehr zurück laufen können, sondern vom Uffläder am späten Abend mit dem großen Landauer über Langenfeld nach Salzungen gekarrt werden. In seiner Tasche hat er seine erste gedrechselte Pfeife aus Schweina von "August Reich Söhne", die er nun auch in der Öffentlichkeit rauchen darf. Er ist konfirmiert und darf das endlich. In Polsemich will er die Pfeife Einrauchen, wenn der Uffläder ein Bierfass probeweise ansticht. Maibier wär gefährlich, meint der Uffläder - "es wird schnell sauer!". "Barum flieche die Zieche denn" fragt der Schorsch, als sie ein tüchtiges Stück vor der Abspann im Langenfelder Wald links in einen Hohlweg nach Polz am Bach einbiegen. "Das kommt von den Ziegensteinen" sagt genervt der Uffläder, "Wenn eine junge Ziege der Polsemicher, das erste mal in ihrem jungen Leben an einem Ziegenstein leckt, dann fliegt sie halt. Dann muss man sie anpflocken, sonst fliegen sie weg!" Es ist Mittag, die Sonne steht hoch und es riecht nach Fichten, Tannen und geräucherter Kohle. Am Straßenrand hacken Langenfelder Äste von den Birken für den ersten Mai ab. Ein heller Rauch zieht durch die Bäume mit dem frischen Maigrün und deutlich sind krähende Hähne und bellende Hunde zu hören. Die Pferdeschwänze über den braunschwarzen Ärschen vom Uffläders Pferden wedeln stark wegen der vielen Bremsen, die auf einmal in der Luft sind. Nach einer engen Kurve, durch die der Uffläder besonders vorsichtig mit den zwei Pferden gefahren ist, ist "Polz am Bach" Polsemich zu sehen. Sie sind angekommen an einem kleinen Fachwerkhaus mit kleinen Ställen für vier Kühe und zehn Ziegen. "Pferde haben die schwarze Polsemich Liet nich" denkt der Schorsch, als er hilft, schnell das Bier und das Eis abzuladen und in den kleinen Keller zu schaffen. "Sin halt auch so arme Liet wie ich!" Als er aus dem Keller kommt, sieht er zwei junge Ziegen auf der Wiese vor dem Polsemichhaus herum springen zusammen mit einem schielenden kohlrabenschwarzen Mischlingshund. Der Uffläder sagt, dem Hund wär viernächte bei einem Gewitter vom Dach ein Eisenacher Falzkremper auf dem Kopf gefallen, seit dem schielt er und fordert den Schorsch auf, die Holzkohlensäcke, die hinter dem Haus des Polsemicher Köhlers in einem Schuppen stehen, auf den Pferdewagen zu laden. Die Holzkohlen nimmt er zurück für den Schmied Urban. Murrend fängt der Schorsch an, die Säcke aufzuladen und bekommt mit der Zeit ein freundliches Gesicht, allweil die Säcke so leicht sind. Die Kohlensäcke, die er bisher in der Brauerei tragen musste, waren viel schwerer und blickt zum Uffläder, der inzwischen mit dem schwarzgesichtigem Polsemicher vor dem Haus an einem schiefem dreckigen Tisch sitzt und von zwei großen Bierkrügen den Schaum ableckt. Dabei betrachten beide Pfeife schmauchend zwei Junge Ziegen, die an einem Ziegenstein wie verrückt lecken. Sie sind an einem dicken Pflock fest gebunden, der oben gespalten ist und den Ziegenstein einklemmt. Schorsch staunt. So viel Gier hat er noch nicht gesehen. Den Ziegen treten vor lauter hektischem Gelecke die Augen aus dem Kopf und meckern dabei wie ein Wanderer Motorrad beim Anlassen. Die kleinen Ziegen sind so weiß, wie die Jungfrauen, die am ersten Mai auf dem Wagen vom Uffläder mit fuhren und die, die keinen Platz mehr bekommen daneben in weißen Kleidern und weißen Söckchen herliefen. In einer Wette einer Woche vor dem Ersten Mai in seiner Stammkneipe „Zur Linde", hatte Uffläder gewettet, das alle Jungfrauen Salzungens mit ihm zusammen am 1.Mai durch die Stadt marschieren. Alle anwesenden Gäste haben ein Liter Bier dagegen gewettet. Uffläder hatte die Wette gewonnen. Wie er das organisiert hat, hat er nie verraten. Schorsch saß mit auf dem Kutschbock neben dem

Uffläder wie Hitler neben dem Paul Hindenburg am ersten Mai in Berlin. Den Uffläder hatte man danach aus der SA raus geschmissen. Manche Salzunger tratschen er hätte den Tag der Arbeit entweiht oder es wären zu wenig Jungfrauen gewesen? "Zei mal dei Pfifche - ich will dirs stopf" sagt dann der schwarze Polsemicher Köhler. Schorsch gibt ihm die Pfeife und holt die letzten Holzkohlensäcke. Dann setzt er sich zu den beiden und will sich die Pfeife mit einem neuen SA-Sturmfeuerzeug anzünden. Der Polsemicher nimmt ihm das Feuerzeug aus der Hand und reicht ihm Streichhölzer. „A Pfifche mit Knaster steckt ma nu mit Strichhöuzer aan. Mit dem SA-Feuerzeug schon gar nicht!" Das macht dann der Schorsch nun selber und kurz danach fängt sein Pfeifchen an zu knistern. Der Tabak vom Polsemicher Köhler schmeckt gut, riecht angenehm, aber kratzt ein wenig im Hals.

Schorsch muss mächtig husten nach einigen Zügen. Rauchen ist nicht neu für Schorsch. Heimlich hat er hinter der Stadtmauer am See mit seinen Freunden nach der Schule schon öfter geraucht. Als er nach einigen genussvollen tiefen Zügen zu den beiden Ziegen schaut, sieht er, das beide Ziegen nicht mehr weiß sind. Die eine Ziege hat sich rot verfärbt, die andere Ziege schillert wie ein Regenbogen. Er reibt sich die Augen und sieht noch einmal zu den Ziegen. Die rote Ziege ist jetzt grün wie das Gras um sie herum und die andere Ziege ist lilafarben. „Gleich flieche se", ruft der Uffläder laut zum Polsemicher Köhler, als wäre der schwerhörig. Der Polsemicher Köhler nickt und grinst und greift zu Bierhumpen. Brauerlehrling Sixe Schorsch sieht zum Polsemicher Hund, der auf einmal nicht mehr schielt und sieht zu den beiden Ziegen. Er kann es nicht fassen, nicht glauben, nicht begreifen - die Ziegen schweben an ihrem Strick um den dicken Pflock herum. Sie meckern nicht mehr, die krächzen laut wie Raben. Er reibt sich die Augen noch mehrere Male - und bekommt immer wieder bestätigt, die Polsemicher Ziegen fliegen hoch wie der Strick lang ist und lecken den Stein beim in der Luft herum fliegen ab. Nun steht auch ein großer Humpen vor ihm - Uffläder und Polsemicher prosten ihn zu und Sixe Schorsch prostet zurück „Schön flieche se hiet, sehr lang flieche se für den Jung!" Wie er nach Hause gekommen ist, kann er sich am anderen Tag, am Himmelfahrtstag nicht mehr erinnern. Er hat Kopfschmerzen und ihm ist schlecht. Als er seiner großen Schwester erzählt, das er fliegende Ziegen beim Polsemicher Köhler gesehen hat, zeigt die ihm einen Vogel, stellt einen Eimer neben sein Bett und lasst schnell Eis für den Eisbeutel von einem Nachbarsjung in der Bauerei holen. Am späten Abend, als manche Männer in Salzinge besoffen nach Hause kommen, fühlt er sich wieder wohl. Die fliegenden Ziegen von Polz am Bach behält er lange für sich.

Salzinger Neujahr ohne Nasenpitze

Das Jahr 1958 war nur wenige Stunden alt, als der immer noch und darum betrunkene Wirt einer Salzinger Gastwirtschaft bei einem Lachanfall mit dem Kopf in eine Fensterscheibe fiel. Nachdem fürsorgliche sowie erschrockene Gäste ihn vom zersprungenen Fenster weggezerrt hatten, sah dessen Gesicht aus wie das eines Schweinchens, wie eines blutenden Schweinchens mit riesigen Nasenlöchern. Weil die Nasenspitze fehlte - sie war abgeschnitten und lag vermutlich draußen vor dem Fenster, die man wegen der Hektik aber nie mehr fand. Gelacht hatte der – meistens wohlmeinende und verständnisvolle - Wirt übrigens über eine Salzinger Ehekrise, das sowohl traurige als auch gute Ende der Eisenbahnfahrt seines Saufkumpanen, eines Maurermeisters mit Frau, vor einigen Monaten und zwar nach Eisenach. Wo sie Verwandte besuchen wollten, nicht die Stube mit dem Tintenfleck, die des Ketzers Martin L. in der Wartburg, wohin man – wie früher Jesus von Nazareth bis nach Jerusalem, mit Palmwedeln gefächelt, wegen der vielen Fliegen - manchmal auf Eseln reiten muss! Als der Zug in den Förthaer Tunnel einfuhr, nickte der Meister ein wenig ein. Beim Aufwachen war es im Abteil wieder heller, und er stellte fest, dass seine Gattin nicht mehr neben ihm saß, dachte jedoch, sie wäre auf der Toilette, was bei Frauen viel zu oft länger dauert – weshalb er die paar Minuten bis Eisenach weiter träumte, sehr wahrscheinlich – die folgenden Ereignisse könnten das vielleicht bestätigen - von einem Leben ohne Weiber. Weil nämlich noch in Eisenach seine Frau – und das, ohne Spuren zu hinterlassen – verschwunden blieb! Sie war – was naheliegend gewesen wäre, da seine Gattin in den weniger friedlichen Momenten des Ehelebens öfter damit gedroht hatte - weder bei ihrer Mutter noch anderen Verwandten, einfach nur weg. Nach der Vermisstenanzeige – der Malermeister vermisste nämlich sein tägliches weiches Frühstücksei; seine eigenen diesbezüglichen Versuche endeten immer härter - blieb sie eine Woche, einen Monat, sogar drei Monate und noch länger verschwunden, ohne alle Aussicht auf Wiederkehr oder sogar die Fortsetzung der ehelichen Pflichten! Bis ihm der Postbote einen Einschreibebrief übergab, von einem Anwalt aus Dresden. Mit der förmlichen Nachricht, dass seine Frau inzwischen dort lebe, und sie wolle sich scheiden lassen, wegen einem ehemaligen Kurgast in Salzinge und weil der eigene Mann so sehr säuft. Dass mancher Menschen Schicksale jedoch – allerdings seltener – durchaus mal ein besseres Ende nehmen und sogar dem Verlust einer Nasenspitze die höhere Sinnhaftigkeit geben, beweist dieses: Der Lachanfall des Gastwirtes geschah also am 1. Januar 1958, an einem viel zu frühen neujährigen Vormittag, nachdem sich der verlassene Malermeister in die Kneipe begeben hatte, um sich - zusammen mit seinem Freund, dem Nachschenker – zu besaufen, vor allem damit sein Dasein schöner würde. Und der kausale Grund für den Anfall des Wirtes sowie jenes blutigen Taschentuches in dessen Gesicht mit den vergrößerten Nasenlöchern eines Schweinchens war eigentlich weniger die scharfe Glasscheibe, sondern die heulende Frau, welche neben einem kleinen Koffer in der Tür stand! Sie war mit dem erstbesten Zug aus Eisenach gekommen, hatte sich die Sache mit der Scheidung noch einmal gründlich überlegt. Und veränderte ihre Abwägung künftig nie mehr – obwohl ihr vor Gott auf ewig verbundener Gatte, der Maurermeister, bereits – dabei abwechselnd lauter oder leiser schnarchend, weshalb sie sich wieder richtig wie daheim fühlte - seinen Kopf auf die Tischplatte gebettet hatte. Doch beide fuhren nie wieder nach Eisenach!

Unmittelbare Unterrichtsmittel

Karl Blochschmitt war mal mein Schuldirektor. Ein finsterer Fiesling meinte ich. Mit buschigen Augenbrauen und unter seinem buschigem grauen Haar lugten schnell blinkende dunkle Augen respekteinflößend finster drein. Wir hatten als Schüler Angst, wir hatten Respekt, wir hatten Bammel vor dieser mustergültigen sozialistischen Respektsperson. Obwohl, wir sahen ihn kaum. Montags aber immer. Da hielt Blochschmitt, ein Hüne von Mann regelmäßig in der ersten Zehnerpause Fahnenapell ab. Wir standen alle von der ersten bis zur achten Klasse im Karree auf den Schulhof der Theodor-Neubauer-Schule herum und Blochschmitt hielt mit lauter martialischer Stimme eine Rede. Vom Sieg des Sozialismus und von unserem hochverehrtem unfehlbaren Staatsratsvorsitzenden, dem Genossen Walter Ulbricht und von den Produktionssteigerungen der Genossen Kalikumpel unter Tage in Merkers und von der erfolgreichen Kollektivierung der Landwirtschaft in Möhra und Unterrohn. Zwei grosse Lautsprecher an der Stirnwand der Schulsporthalle vervielfältigten Blochschmitts Sprechorgan, welches auch von den bewaffneten Organen tönten, die unsere teure Deutsche Demokratische Republik den immerwährenden Frieden unter der Führung der Völker der Sowjetunion bewahren sollten. Ich stand manchmal rechts neben der Fahne und musste ein Luftgewehr schultern. Darauf war ich stolz wie ein Spanier, obwohl ich noch nie einen Spanier gesehen hatte. Die Freunde und Genossen von Blochschmitt schon, die hatten ein Jahr vorher meinen Papa seine Speditionsfirma weg genommen - sie hatten ihn, einen fiesen Kapitalisten enteignet. Nur zwei Schüler hatten immer diese Ehre mit dem Luftgewehr. Einer der nur Einsen in Mathematik schrieb und einer, der die meisten Ringe beim Schulluftgewehrschießen schoss. Ich war der, der manchmal wie in diesen Tagen mit dem sozialistischem Unterichtsmittel Luftgewehr fast immer in die zehn, in die Mtte der Schießscheibe ballerte. Also hinter mir an der Wand dröhnten die Lautsprecher mit ab und zu Rückkopplungspfeifen und vor mir im straff sitzenden Anzug sah ich auf den fetten Arsch von Blochschmitt. Blochschmitt war genau so fett wie mein katholischer Pfarrer und sah von hinten eigentlich wie der katholische Pfarrer Eisenhut aus. Nur der Blochschmitt hatte seinen fetten Hintern in eine graue Hose gezwängt und der Pfarrer Eisenhut hatte grundsätzlich immer eine schwarze Hose an. An einem kalten Vormittag tönten hinter mir aus dem Lautsprecher Blochschmitts laute Worte von Ethik und sozialistischer Moral, sozialistischer Lebensweise, sozialistischer Pflichterfüllung und sozialistischer was weiß der Teufel noch. Ich fror mit meinen vierzehn Jahren am frühen Vormittag, genau so wie vorher am Sonntagvormittag zum Hochamt in der katholischen Andreas-Kirche. Mir tat die Schulter weh von dem Luftschießgewehr und neue Schuhe drückten furchtbar. Einzig erfreulich war, Blochschmitt zog mit seinen sozialistischen Tiraden die Zehner ause in die Mathematikstunde sowas von rein, dass für die grausliche Mathematik bei Krause nichts mehr übrig blieb. Nach dem Fahnenapell musste ich meine Waffe bei Blochschmitt in der Direktion abliefern. Ich war immer geschafft und fürchterlich gelangweilt hinterher wie auch in der katholischen Kirche, wo ich jeden Sonntag, aber auch jeden Sonntag das Ave Maria (deutsch: Begrüßtest seist du Maria) hundertfach herunter beten musste. Von den ewigen immer gleichen Tiraden, die jeden Montag, jede Woche, jedes Jahr in stoischer Regelmäßigkeit nicht sehr variantenreich von Blochschmitt wiederholt wurden, zweifelte ich nach dem Erfassen dieser „weisen Worte" an dessen Verstand. Es ging von Ammikäfern bis Zebrastreifen. Die einen sollte man bekämpfen und einsammeln, den Zebrastreifen nur, aber nur vor der Schule überqueren. Nach dem Appell und der ausgefallenen Mathematikstunde hatten wir Erdkunde bei Buckelberg. Mir drückte der einen Schlüssel in die Hand und meinte, ich soll noch fix im Lehrmittelzimmer die große Thüringer Wald Karte holen. „Hinten links, neben dem Physikschrank auf dem Tisch!" Flugs war ich aus der Klasse und zog vor der Türe die Schuhe aus, weil sie ja so drückten. In Strümpfen jagte ich die zwei Treppen zum Lehrmittelzimmer über der Turnhalle, öffnete, weil ich mir selber so leise wie ein Indianer vorkam, die Türe und eilte wie ein Wiesel auf Strümpfen durch das riesige zwanzig Meter lange Zimmer zu besagtem Tisch. Es war schummrig halb duster und ich sah auf den Tisch keine Karte. Ich sah nur einen riesigen Klammottenberg mit einem Stück Haut, wie einem Stück totem Schwein und auf einmal ragten zwei Schuhsohlen aus dem Klammottenberg. Frauenschuhe mit Frauenstrümpfen und schwarz bestrumpfte Männerbeine. Ein Schuh war fast an meiner schreckhaft erhobenen rechten Hand und ein Schuh an meiner linken Hand. In dem Moment stolperte ich und sah, dass ich über einem Luftgewehr gestolpert war. Eine Frauenstimme, rief furchtbar erschrocken und laut „nicht doch – nicht doch – nicht doch!" Und dann sah ich einen Arm und eine Hand, die das Gesicht der Frau bedecken wollte. Ich hatte mich an das schummrige Licht gewöhnt und sah nun die Bescherung. Der Klamottenberg war der Rücken und Hintern vom Blochschmitt, wo nun langsam die Hose nach unten rutschten und käseweiße behaarte Beine und schwarze Socken zum Vorschein kamen. Verdattert und stotternd, sagte ich „ ...Die...die..die...die Thüringenkarte, ich will doch nur die...die...die.. Thü.... Thü...Thü...Thüringenkarte holen für Buckelberg" und kam mir furchtbar ertappt vor. Es ging mir vor Schreck nicht in den Schädel, dass ich hier jemand ertappt hatte. Meine Klassenlehrerin und meinen Direktor beim "Pimpern auf dem alten Kartentisch im Lehrmittelzimmer", wozu nur der Buckelberg noch einen Schlüssel hatte. Blochschmitt drehte seinen inzwischen feuerroten Kopf ächzend zur Seite und angelte mit der anderen Hand nach der Karte, die direkt neben ihm auf den Tisch lag. Aus seinem Mund presste er dabei die Worte....."Wir   ma....ma...ma....machen   das Lu...Lu...Lu.....Luftge....ge...gewehr   foooort!" Ich schnappte obereilig die eingerollte Karte und verschwand wieder blitzschnell auf meinen Strümpfen. Im nu war ich unten in der Klasse und Buckelberg lobte mich „Das ging aber schnelle!" Vom Rest des Unterrichts hab ich nichts mehr mit bekommen. Dieses Ereignis lag wenige Wochen vor meiner Schulentlassung , welches um ein Haar keine Schulentlassung geworden wäre. Eigentlich hätte ich wegen mieser Mathe und Russischleistungen sitzen bleiben müssen. Nun bekam ich bei weiteren Arbeiten von meiner Klassenlehrerin und auch von meinem Mathelehrer keine fünf mehr, sondern in stiller Regelmäßigkeit eine vier. Das Abgangszeugnis der Achten Klasse war somit gerettet. Man wollte mich los werden. Ich wurde kein Sitzenbleiber. Nur, die Beurteilung war dann entsprechend: " ...war ein sehr schwieriger Schüler. Er zeigte im Unterricht nicht immer die nötige Aufmerksamkeit und war sehr verspielt. Es fehlte ihm die nötige Ausdauer bei schulischen Arbeiten. Daher sind in vielen Fächern sehr schwach. Auch seine Arbeit im Unterrichtstag in der Sozialistischen Produktion war wechselhaft. Dem Klassenverband hat er sich gut angepasst. An der Pionierarbeit und an gesellschaftlichen Einsätzen beteiligte er sich rege. Er war Mitglied der Laienspielgruppe. ...... hat seiner Schulpflicht genügt. Er hat das Ziel der 8. Klasse erreicht und wird aus der Schule entlassen." Am letzten Schultag vor den Ferien verabschiedete mich meine Klassenlehrerin mit runzelnder Stirn mit den Worten „Aus Dir wird niemals was!" vor der ganzen Klasse. „Alle anderen aber sehen uns wieder nach den Ferien in der neunten und zehnten Klasse. Seid bereit!" Dabei hatte sie ein wenig rote Ohren und Flecken im Gesicht, als ich wie alle anderen Klassenkameraden ihr „Immer bereit" fröhlich entgegen riefen. Ich war ober fröhlich, meine Schulzeit war beendet.

Fünfzehn Jahre floss nun viel, sehr viel Wasser die Werra runter. Ich lebte zufälligerweise wieder in meinem Heimatort, hatte inzwischen andere Beurteilungen und Zeugnisse, derer ich mich nicht mehr schämen brauchte. Studiert hatte ich auch - neben Pädagogik auch noch ganz andere Sachen, die ich in Salzinge für meine neue berufliche Laufbahn gut gebrauchen konnte. An einem sonnigen Sommertag beabsichtigte ich nachmittags in die Kreisstelle für Unterrichtsmittel in der Friedrich-Eckardt-Straße eine alte Thüringenkarte zu holen, die ich für einen Dia-Ton-Vortrag fotografieren wollte. In der Kreisstelle steht mir auf einmal Blochschmitt gegenüber. Er war sehr alt geworden, hatte kaum noch Haare auf dem Kopf, wog ungefähr die Hälfte, wie ich ihn in Erinnerung hatte und hielt seinen linken Arm verkrampft in Brusthöhe und eine kleine verkümmerte Hand hing aus seiner grauen Anzugjacke. Das linke Bein zog er nach und umständlich brachte er mir die Thüringenkarte. Er sah mich mit matten Augen an und ich sah ihn an. Ich wollte nicht grinsen, aber ich musste. Blochschmitt sah mir rätselnd in die Augen und verschwand in einem Hinterzimmer. Deutlich hörte ich ihn beim weg gehen zweimal sagen "Diese Scheißthüringenkarte, diese Scheißthüringenkarte!" Irgend jemand aus der Stadt fragte ich damals, was mit dem ehemaligen Schuldirektor Blochschmitt los wäre. "Waaaaas duuuuu weißt daaas nicht! Das war doch der Skandal in Salzinge. Der Blochschmitt hatte eine Freundin neben seiner Frau und bei der hat er in der Nacht im Bett in Kloster Allendorf einen Schlaganfall bekommen. Die Frau hatte ihn halbtot in ihr Auto gewuchtet und hat ihn auf der Treppe der Notaufnahme zum Sulzberger Krankenhaus abgeladen und ist abgehauen. Da ist er nicht gleich sofort gefunden worden und ist fast gestorben. Als er doch einigermaßen genesen war, wurde er in die Kreisstelle für Unterrichtsmittel versetzt. Monatelang war das Stadtgespräch!"Da tat er mir aber leid, der Bloch-schmitt, als ich mir vorstellte, wie das Drama abgelau-fen war und war doch froh, dass ihn der Schlag beim ersten Thüringenkarte holen in meiner Gegenwart nicht getroffen hatte.

Zepp

Zäppche/Zepp, hat an der Nappe gewohnt, wo Treppen zur Silge hinunter führten. Seine „Heldentat" war, dass er mit seiner Mutter oberhalb Tiefenorts auf einem Acker beim Unkraut jäten war, als im Ersten Weltkrieg Zeppelin LZ 101 in der Nacht vom 19. zum 20. Oktober 1917 angeschlagen aus England vom Feindflug zurück kam, und wegen Brennstoffmangel am 20. Oktober am frühen Vormittag zu einer Notlandung ansetzte. "Zepp hat den Zeppelin kaputt ganz gemacht" sagten damals die Tiefenorter Bürger, einer Nachbargemeinde im Werratal. Zepp aber schwor Stein und Bein, das wären die Tiefenorter mit ihren Schnürsenkelschleifchen gewesen.

Zepp war nämlich nach seinem Bericht mit der erste, welcher unter dem Luftschiff stand. Die Besatzung warf Seile herunter, wozu Zepp ein Seil an einen dicken Baum festbinden sollte. Das machte der dann auch mit einem Zimmermannsschlag - Knoten, welcher er von seinem Vater gelernt hatte. Als das erste Besatzungsmitglied an einer Hängeleiter herunter krabbelte, schrie ein Tiefenorter, welcher inzwischen dazu geeilt war, den Jungen an, „ was das für ein Knoten sei!", mit dem er das Seil an einem Baum festgebunden hatte. „Na en Schlag halt" sagte der Zepp und erntete die höhnische Antwort "die Salzinger Heringsschwänz", das war der damalige Spitzname für alle Salzinger in der Gegend, „können noch nicht einmal einen richtigen Knoten - eu könnt noch nichma Schnürsenkel gebind!„ .

Dann rannte er zu anderen Seilen, welche von der Besatzung heruntergelassen wurden und band mit einigen anderen Tiefenortern, welche inzwischen zur Hilfe eilten, an ein zwei Bäumen die Seile eben mit diesen Schnürsenkelschleifchen fest. Dann kam er zurück und zog an dem losen Ende des Schlages um einen „ordentlichen Knoten" zu machen. Das Ergebnis war nun, dass sich der Schlag schlagartig öffnete und das 196 Meter lange Luftschiff mit der Spitze kurz noch einmal nach oben schwenkte und mit der Kanzel auf den Acker krachte. Die "Tiefenorter Schnürsenkelschleifen" gingen dann ebenfalls auf und weil man inzwischen hektisch Gas abgelassen hatte, donnerte das Luftschiff mit der Kanzel auf den Acker und der schöne Zeppelin war ganz kaputt und mussten später als große Senstion an Ort und Stelle abgewrackt werden.

Zum Glück im Unglück passierte nicht die Katastrophe, dass sich das Wasserstoffgas entzündete und die Besatzungsmitglieder ums Leben kamen. In der Hektik der nachfolgenden Bergung des Luftschiffes und der Rettung der anderen Besatzungsmitglieder hatte Zepp keine weitere wichtigen Hilfen mehr zu erledigen als irgendwelche Seile mit festzuhalten und ja nicht loszulassen. Spät in der Nacht kam Zepp mit seiner Mutter von Tiefenort nach Hause und hatte Gott sei Dank mit seiner Mutter, einen Zeugen, welche bestätigen konnte, dass der Jung das schon richtig gemacht hätte - nur halt die Tiefenorter sollten doch künftig besser Sandalen mit Schnallen tragen, damit sie ihre Schuhe nicht verlieren. Zepp hatte aber jetzt das Biertischthema seines Lebens, wozu in der Stammkneipe Luttersch Ferd ein Tisch an einen Deckenbalken mit einem Zimmermannsschlag festgebunden wurde. Meistens fand sich dann immer ein Fremder oder Kurgast, welcher einen ordentlichen „Tiefenorter„ oder anderen Knoten machen solle um den Tisch fester zu binden. Dazu bräuchte er nur an dem Ende des Seiles zu ziehen wobei es den gemeinen Effekt gab, das dem uneingeweihten Gast der Tisch auf den Kopf viel. Mit einem martialischen Johlen wurden diese Ereignisse dann bis in die 40er Jahre oft gefeiert und Zepp hatte seinen Spitznamen bis zu seinem Tod weg. In Salzinge fand damals schon auf einer Spaßpostkarte das Thema Zeppelin seine Würdigung, wo man sich vorstellte, daß die Kurgäste per Luftschiff nach Salzinge zu Kur geflogen werden.

In wenigen Salzinger Familien hatte dieses Ereignis, welches Zepp bei jeder sich bietenden Gelegenheit kommentierte zur Folge, dass einige Salzunger Jungen nicht mehr den Beruf des Vaters erlernen mochten, sondern unbedingt Luftschiffer werden wollten und sich dieser Wunsch immer mehr bei einzelnen ernsthaft ausbildete. Als der Sohn vom Uffläder II seine Lehre als Kraftfahrzeugmechaniker in Sonneberg hinter sich hatte, gab es aber kaum noch Luftschiffe, weil inzwischen die Flugzeuge den Himmel erobert hatten. Er studierte dann eben Flugzeugmotorenbau in Bad Frankenhausen und landete als Flugzeugingenieur über Anstellungen bei Arado und Dornier bei Focke Wulf in Bremen und konstruierte Baugruppen der großen Passagiermaschine Fw 200 Condor mit, auf das er und natürlich auch sein Onkel Zepp ungeheuer stolz waren.

Ende der sechziger Jahre half ich meinem Tiefenorter Schwiegervater beim Schweineschlachten. Ich solle das Seil halten, mit dem das Schwein bei der Beförderung vom Leben zum Tode an den zusammen gebundenen Hinterläufen gehalten wurde. Als der Fleischer dem Schwein Abschussgerät in den Schädel schoss, ließen alle anderen, welche das Schwein bis dahin festgehalten hatten, blitzschnell los und ich hatte ganz alleine die im Todeskampf zuckende Sau am Seil in der Hand und zappelte hinter dem sterbenden Chaos auf dem Hof hinterher. „Ich solle doch einen Schlag machen" riefen die lieben Tiefenorter Verwandten, „dann wäre die Sau wie ein Zeppelin zur Ruhe zu bringen". Am Abend vorher hatte ich die Geschichte von Zepp in seiner Version erzählt und „das Zeppelinanbinden" mit dem Knoten - Schlag und einen Tisch demonstriert.

Bi die Spion in Salzinge warn

Ich sitze auf einen Hinterhof in der Friedrich-Eckardt-Straße, der ehemaligen Johannisstraße an einem lauen Sommerabend Anfang der achtziger Jahre bei Herbert und blicke über die Ziegeldächer zum Lindentor und die vordere Teichgasse in Richtung Silge. Die untergehende Sonne färbt intensiv die nun knallroten Dächer.

Auf einem wackligen Gartentisch liegt neben zwei Flaschen Klosterbier ein Stapel rot eingebundener Bücher mit dem Gold geprägtem Emblem des Ministeriums für Staatssicherheit. "Julius Mader, Gerhard Stuchlik, Horst Pehnert: „Dr. Sorge funkt aus Tokyo". Deutscher Militärverlag, Berlin; 464 Seiten; 11,80 Mark. Das Buch handelt von einem Deutschen, der zur Zeit des Zweiten Weltkrieges in Japan für die Sowjetunion zusammen mit seinem Funker Max Christiansen-Clausen spionierte. Clausen kannte ich persönlich aus Berlin, als ich dort meinen Wehrdienst im Grenzregiment 35 ableistete. Die Bücher sollen im Nachklang des Ereignisses „Dreißig Jahre Ministerium für Staatssicherheit" an „verdienstvolle Tschekisten" als Auszeichnung verteilt werden.

Herbert ist ein Buchbindermeister und hat die Bücher mit einem schicken neuem rotem Ledereinband versehen, auf dessen Vorderseite und Buchrücken das goldene Emblem des Ministeriums für Staatssicherheit prangt. Auf einem ersten Blatt steht in goldener Schrift.

"Tschekist sein kann nur ein Mensch mit kühlem Kopf, heißem Herzen und sauberen Händen. Ein Tschekist muss sauberer und ehrlicher als irgendwer, er muss so klar wie ein Kristall sein" „Felix E. Dzierzynski"

Herbert hatte ein Wattebäuschen in der Hand und polierte die von ihm eben frisch geprägten goldenen Wappen nach. Dabei meckert er „Gold auf Rot sieht Scheiße aus - aber die wollten es so. Sogar das teure rote Leder haben die „Auftraggeber" mit gebracht". Dann trinkt er ein Schluck Klosterbier und ich trinke auch einen Schluck.

Jemand taufte damals Herbert in „Buchbinder Wanninger" um. Herbert stammt aus Hamburg. Nach dem Theologiestudium konnte er nicht Missionar werden, weil die DDR keinen Missionar mehr in die Welt raus gelassen hatte. Da hing er seinen Talar an den Nagel und schulte auf Buchbinder um. Warum es ihn nach Bad Salzungen verschlagen hatte, habe ich vergessen. Nicht vergessen habe ich die Ursache des neuen Spitznamens. An einem Montag im DDR Fernsehen gab es die Sendung Willi Schwabes Rumpelkammer „Buchbinder Wanninger" ist ein Sketch des Münchner Komikers Karl Valentin. In einer Szene versucht der Buchbinder Wanninger vergeblich, telefonisch bei seinem Auftraggeber (der Baufirma Meisel & Compagnie) in Erfahrung zu bringen, ob er die Rechnung für die von ihm fertiggestellten Bücher der Lieferung gleich beilegen soll, wird dabei aber nur von einem zum anderen Ansprechpartner innerhalb der auftraggebenden Firma weiter verbunden, ohne die erhoffte Information zu erhalten. Das Ganze endet mit der anknurrten Aussage des verzweifelten Buchbinders "Saubande, dreckade!"

Herbert war damals zu dieser Zeit zu einem Salzinger Original mutiert, den nicht wenige kannten. Zum einen wegen seiner „Heldentaten" in Sachen Liebe. Er hatte es fertig gebracht, eine Ärztin aus Salzinge zu heiraten und vorher hatte er eine Moderatorin a des DDR Fernsehens, die die eine Oberhofer Bauernmarkt Sendung schmiss, nach Salzinge entführt. Und noch vorher lag er mal mit einer Barchfelderin im Bett, die ihm dort leicht angesäuselt beichtete „Mein Mann sitzt in Bautzen im Knast, weil er ein Spion war - mit ihm noch ein gutes Dutzend weitere Spione aus der Gegend um Salzinge".

Ich lernte Herbert auf eine sehr kuriose Art und Weise kennen. Er stand eines Tages um die Weihnachtszeit mit einem Mistelbusch vor der Türe und erklärte mir, wenn es den Busch meiner Frau über den Kopf hält, dann dürfte er sie nach irgend welchen alten germanischen Regeln küssen. Ich hab ihm dann gesagt "komm mal rein, hier sitzen schon zwei mit dem gleichen Anliegen, nur die haben keine Mistelzweige dabei.

Die Sache mit den "Salzinger Spionen" erfuhr ich umfangreicher von Herbert erst über zehn Jahre später um 1991. Die Geschichte, die er mir dann am gleichen Tisch erzählte, war so unglaublich, dass ich sie erst wiederum zehn Jahre später bestätigt bekam, als sich langsam durch die Aktenlage im Internet das ganze Spionagedrama deutlicher erhellte. Es ist eine sehr traurige Geschichte!

Mata Hari, Richard Sorge, die komplette „Rote Kapelle" waren laut den Agentenjägern des Ministeriums für Staatssicherheit in Salzinge und Suhl dagegen komplette Dilletanten. Die gefährlichsten Agenten des imperialistischen Klassenfeindes hockten nicht in Berlin, nicht in Leipzig, nicht in Karl-Marx-Stadt, sondern in und um Salzinge. Die funkten jede Nacht mit dem BND, dem englischem MI6 und der amerikanischen CIA, buddelten Tunnel von Hessen nach Thüringen, in dem sie zwischen Ost und West nach Belieben hin und her spazieren konnten. Sie hatten raffinierte Kleinstunterseebote, mit denen sie bei Neumond an der Ostsee anlanden konnten. Salzinger Spione beherrschten tödlichste Nahkampftechniken, da war Agent 007 eine komplette Null dagegen. Diese "wiederwärtigen Verbrecher im Auftrag imperialistischer Geheimdienste" waren zu tiefst gefährlich, hinterlistig und schlau - so dass man sogar eine Kollektiv-Doktorarbeit als Weiterbildungsmaterial über sie verfasste.

Mitautor dieser Doktorarbeit war der damalige Oberst Herbert Pätzel des Ministeriums für Staatssicherheit, Chef der Hauptabteilung IX/5. Ein besonderer Kristall an Ehrlichkeit und Sauberkeit der Tschekistischen Arbeit, der einem Westdeutschen Hochstapler (Hermann T.) auf den Leim ging. (Pätzels „Taten" sind heute alle schon lange verjährt!)

„Das MfS ging davon aus, T. habe für drei bundesdeutsche, zwei amerikanische sowie den britischen Geheimdienst gearbeitet. Zudem sei er als Ranger, Fallschirmspringer, Kampfschwimmer, Kapitän für Mini-U-Boote, Funker und Sprengexperte ausgebildet worden. 25-mal sei er, vom Westen kommend, mit U-Booten an der Ostseeküste gelandet, um dort Agenten zu treffen, Waffendepots sowie Kleinstraketen zur Vernichtung von Objekten der Nationalen Volksarmee zu installieren."

„Für seine Kollektiv-Doktorarbeit an der Stasi-Hochschule Potsdam zum Thema „Die Qualifizierung der vorbeugenden und offensiven Bekämpfung staatsfeindlicher Aktivitäten der Verdeckten Kriegsführung unter den gegenwärtigen Bedingungen des Klassenkampfes" erfand er 1974 einen nie existierenden Agentenring (im Kreis Bad Salzungen). Im Zuge des hierfür eingeleiteten operativen Vorgangs „Waldläufer" ließ er insgesamt zwölf Personen verhaften und versuchte in stundenlangen Verhören falsche Geständnisse zu erpressen. Einige von ihnen wurden zu hohen Haftstrafen verurteilt." (zwischen 6 ½ und 15 Jahren!) Ende 1977 und Anfang 1978 wurden die Strafen in Bewährung umgewandelt. Anfang der 90er Jahre erhielten alle 12 Personen ihre Rehabilitierung."

Zwei wesentlich Unterschiede über die hier erwähnten Spione gibt es. Richard Sorge und Max Clausen waren professionelle Spione, die wahrscheinlich den II. Weltkrieg mit ihrer Tätigkeit verkürzten, die "Salzinger Spione" waren Erfindungen von Märchenerzählern aus Salzinge, Suhl und Berlin! Die Salzinger Spione waren von MFS-Spinnern erfundene Geschichten aus der Zeit des KaltenKrieges!

Morgen gibt es Fisch

„Morgen gibt es gelben Fisch" sagte Fischers Paul und griff auf dem alten abgewetzten braunen Sofa hinter sich, hinter ein altes rot gelb gestreiftes Kissen. Er zog ein extrem dehnbares Kunststoff Einkaufsnetz hervor, dass fast die verblichenen gleichen Streifen in der Netzstruktur des Kissens hatte. „Meine Mutter meint, das Netz ist mit dem Kissen verwandt und deponiert es, wenn sie es nicht braucht zum Kissen" murmelte Paul. Durch das eine Fenster des nördlichen Zimmers zum Nappenplatz spiegelte die Sonne von einem Trumeauspiegel aus dem Südfenster eines Zimmers des gegenüberliegendem Gasthaus Krone einen gleißenden Lichtschein auf eine Kristallbleiglasvase auf der Mitte des Wohnzimmertisches. Die Vase wurde in diesem Moment zu einem Projektor, der Hunderte von kleinen Regenbogenkringeln auf die Streublümchentapetenwände des Zimmers projizierte. Die Regenbogenkringel wanderten sichtbar sehr langsam über die Wand und wandelten sich in ihrer Erscheinung. Manche Farben drehten von blau nach rot und nach gelb. „Toll", meinte Paul, "Das haben wir hier immer zur Sommersonnenwende!" In diesem Moment ging die Wohnzimmertür auf und Pauls Schwester, Fräulein Fischer, meine Lehrerin von der ersten bis zur zweiten Klasse wirbelte regelrecht in den Raum. Sie hatte über einer roten Bluse und

einem schwarzen Rock eine weite blassgraue Kittel-
schürze an und an ihren Füßen trug sie selbst genähte
dicke Hausschuhe über wohl geformten Waden. Während sie voller Entzückung vor der Vase stand, ihre ge-
falteten Hände vor ihrem Mund und Nase hielt, konnte
ich in den weiten Ärmelausschnitt bis zu ihrer linken
Brust sehen, die im Takt der nun folgenden Klatschbe-
wegungen der Hände schaukelten. Meine Aufmerksamkeit auf das Lichtspiel, welches die Vase an den Wänden erzeugte, war schlagartig erloschen. Ich staunte in
das Rot ihrer Haare, dem Ärmelausschnitt und dem
Glanz in ihren Augen hinein und bekam freundliche Ide-
en zum gelben Staub des Nappenplatzes. Fräulein Fischer jubelte: „Ist das nicht schön! Ist das Herrlich!
Siehst du das!" Ich nickte und blickte weiter in den Ärmelausschnitt. Seit drei Jahren war Fräulein Fischer
nicht mehr meine Lehrerin und seitdem nahm mit der
Abwesenheit von Fräulein Fischer mit jedem Jahr der
Zensuren Durchschnitt um eine halbe Note zu. Nachdem in der ersten bis dritten Klasse fast nur Einsen auf
dem Zeugnis gestanden hatten, waren es nun nur noch
Vieren. Morgen ist Karfreitag, Morgen gibt es Fisch und
für den Fisch zückte Fräulein Fischer ihre Geldbörse
und legte zehn Fünfzigpfennigstücke auf den Tisch.
„Bestellt Herrn Honnung einen schönen Gruß und sagt
ihm, der Karpfen vom vorigen Jahr war ja toll groß und
so soll er auch dieses Jahr wieder sein! Sagt ihm das bit-

te!"Paul schwang sich vom Sofa herunter und steckte sich das schöne Geld in die Brusttasche des Lederhosengürtels. Fräulein Fischer breitete ihre Arme aus und drehte sich angestrahlt von der Sonnenspiegelung mit ihren knallroten Lippen im Kreis. Dabei sang sie „Rote Rosen, rote Lippen, roter Wein laden dich ein...laden dich ein...." Nachdem sie sich walzerhaft ausgewirbelt hatte, klatschte sie nochmals schnell in ihre Hände und befahl uns zu Honnung zu gehen und den Karpfen zu holen. Honnung hatte zwei Karpfenteiche in der Nähe von Zelleroda und verkaufte zweimal im Jahr seine Karpfen. Vor Silvester und vor Ostern. Was Fräulein Fischer nicht wusste, die Karpfen holten wir nicht bei Honnung, die Karpfen besorgten wir beim Oberförster in Langenfeld. Dieses Besorgen bedeutete, wir bezahlten nicht, sondern fischten die Karpfen ungefragt aus einem seiner zwei Karpfenteiche im Wald hinter dem Abspann in Langenfeld mit einem Einkaufsnetz. Unter Fischers wohnte die gehbehinderte Frau Siewers, eine Hosenträger- und Hosenverkäuferin vom Klamotten de Lacum von nebenan. Die wollte auch einen fertig geschuppten Fisch. Frau Siewers mit dem gelben Hund. Irgend eine Mutation hatte diesem Hund diese briefkastengelbe Farbe beschert, so dass, wenn er einen Schlitz im Rücken gehabt hätte man Postkarten und Briefe einwerfen könnte. Anna Siewers leistete sich manchmal den Luxus mit dem Taxi zum Friedhof zu fahren, um dicht hinter der Ruine der Husenkirche das Grab ihres Mannes zu besuchen, der in den letzten Kriegstagen bei der Explosion eines Munitionszuges von einer Reichsbahn-Eisenstange erschlagen wurde. Neben dem gelben Grabstein, der ähnlich gelb wie der Hund war, steckte eine Eisenstange, eine Brechstange im Boden. Auf der Eisenstange war ein eingeschlagener Schriftzug zu lesen: „Eigentum der Deutschen Reichsbahn". Dieser Brechstange als Todesursachenwerkzeug verdankte Frau Siewers eine regelmäßige monatliche Lebensversicherungszahlung der Deutschen Reichsbahn in Höhe von 80 Mark. Zu ihrer Invalidenrente von Einhundertzwanzig Mark bekam sie eine Witwenrente von fünfundvierzig Mark, so dass sie regelmäßig am ersten eines jeden Monats Zweihundertfünfundvierzig Mark auf ihrem Konto hatte. So seit zehn Jahren gab sie kaum die Hälfte des monatlichen Betrages aus, so dass ihr bescheidenes Vermögen immer unbescheidener wurde. Manchmal gab sie gar kein Geld aus, weil ihre Schwester aus Heringen Westpakete und Westgeld brachte und schickte. Dazu kamen noch monatliche Mieteinnahmen von sechzig Mark, für zwei Mietwohnungen ihres Hauses, welches sie aber fast immer in die Instandhaltung ihres Hauses am Nappenplatz steckte. Das Haus am Nappenplatz strahlte frisch gestrichen wie keines - alle anderen wurden immer grau und grauer. Die Farbe der Fassade war gelb. Gelb war auch die

Schultaschenfarbe ihrer Tochter Heidi, die schon in der siebenten Klasse kleine Brüste hatte und in der achten Klasse größere Brüste, als je eine Lehrerin der Theo-Altbauer-Schule. Wenn wir Jungs auf dem Schulhof „Eiern" spielten, durfte Heidi manchmal mit spielen, weil wir Heidi nämlich hin oder wider an die oft gelbe Bluse greifen durften. „Eiern" war ein „Fange -spiel" bei der man in den Schritt des zu fangenden grapschen musste. Quietschte der Betroffene, der erwischt wurde, wurde er der Jäger. Als ich eines Tages Heidi helfen sollte, einen kleinen Nachttischschrank vom Boden zu schleppen, schleppte mich Heidi unter einen Vorwand dann in ihr Zimmer, wo der gelbe schwanzwedelnde Hund vor ihrem Bett lag. Ich setzte mich links neben Heidi aufs Bett und Heidi nahm meine linke Hand und steckte sie an Stellen, die ich bisher nur vom Hörensagen und aus der damals verbotenen Literatur oberflächlich theoretsich kannte. Durch die „Sauereien" von Josephine Mutzenbacher kannte ich einiges, weil ich das Wissen aus einer Bücherkiste der SS-Witwe Frau Stiegelhahn „besorgt" hatte. Einige Jahre nach diesem praktischem Ereignis lernte Heidi bei der Deutschen Reichsbahn so was wie Fahrkartenverkäuferin. Der Platz, den Heidi hinter dem Fenster des Schalters einnahm, wurde von Jahr zu Jahr größer, gewichtiger und auch die Anzahl Kinder ihrer Kinder in Leimbach wurden gewichtiger. Wenn ich mal eine Fahrkarte bei Heidi kaufte, musste ich immer an die Josephine, die Josephine Mutzenbacher denken, die heute wohl immer noch auf dem Index steht. Die Heidi dachte dann auch irgendwas und grinste ganz nett.

Auf'm Tisch

Ludger der Schneider aus Thüringen nähte manchmal um Mitte 1985 noch im Schneidersitz auf dem Tisch beim Heften der Stoffteile. Dreißig Stiche schaffte er in der Minute, wie sein alter Meistervater, von dem er sein Handwerk erlernt hatte. Obwohl schon seit ungefähr 1870 mehrere mechanische Nähmaschinen in der alten Werkstatt benutzt wurden, erhielt sich diese Tradition, die einen einfachen Grund hatte, den heute kaum noch jemand kennt. Selbst bei Wikipedia steht nur die Vermutung, "...damit die bearbeiteten Stoffteile nicht auf den Fußboden hängen und die bei der Arbeit abfallenden Stoffteile nicht in den Staub fallen..." Ein Schneider brauchte seit Jahrhunderten für seine exakte Arbeit gutes Licht. Das beste Licht in der Schneiderwerkstatt war nicht auf einem Stuhl vor dem Tisch am Fenster, sondern auf dem Tisch. Der Meister saß immer links am Fenster, der Altgeselle rechts neben dem Fenster und der Junggeselle saß in der Mitte mit dem Rücken zur Werkstatt, damit er schneller aus der Werkstatt neue Teile und Knöpfe holen konnte. Ludger saß gerne auf dem Tisch, auch damit er seine Kunden schon sehen konnte, wenn sie sich auf der Straße dem Geschäft näherten. Gesellen hatte Ludger schon lange nicht mehr. Er, der Schneider Ende der Vierzig arbeitete alleine und manchmal, wenn es viel zu tun gab, half seine Frau die Gusti. Auguste war zur Kur und seine Stammkundin Anette näherte sich dem Fenster, von dem Ludger schon eine stumme Begrüßungsverbeugung auf den Gehweg sendete. Anette ging nach der neusten Mode gekleidet in einem vom Ludger genähten eleganten, taillierten, sandfarbenen leichten Sommermantel, passend zum strohblondem Haar von Anette. Als sie die Werkstatt betrat, die von einem hohen Tresen geteilt war, lehnte sich Anette mit beiden Ellenbogen auf den Tresen, verschränkte die Hände unter dem Kinn und sagte zu Ludger " So könnt ich nicht den ganzen Tag sitzen, das ist ja viel zu unbequem, aber sie schau´n ja den lieben langen Tag nach den hübschen jungen Frauen auf der Straße aus! Ludger grinste freundlich und meinte: "Das ist doch ganz leicht! Setzen sie sich doch mal auf den Tisch!" Anette zog das duftige Mäntelchen aus und begann flugs auf den Tisch zu klettern, von dem Meister Ludger inzwischen flink und behende gesprungen war. Das war nicht einfach. Der Tisch war hoch, Anette hatte einen engen kurzen blauen Rock an, der ihr ein wenig bei der Schneidersitzposition hinderlich war. Unter dem blauen Rock hatte sie halterlose blaue Strümpfe aus dem Westen an. Das Höschen hatte einen ähnlichen Spitzenbesatz. Sie saß nun mit dem Rücken zum Fenster. Zwischen der blauen Pracht leuchteten Anettes wohlgeformte Schenkel unter dem Rock dem Meister entgegen, die er schon mehrfach vermessen hatte. Er hatte ihr Alter und alle Maße im Kopf. Fünfunddreißig, 92-63-89 auf einen Meter und vierundsiebzig Zentimeter. Ludger bedeutete Anette die Wichtigkeit des Schneidersitzes. "Es entspannt bei Beibehaltung des Sitzes den Beckenboden, weitet den Querbeckendurchmesser und den Beckeneingang und ist in der Lage zur Korrektur der Neigung und Stellung des Beckens beizutragen. Beim Schneidersitz sollten sie auf einen aufrechten Rücken zur Entspannung der Hüftgelenke achten! Der Schneidersitz können sie auch bei einer Meditation einnehmen. Wenn man das alles richtig kann, ist der Lotossitz eine Steigerung dieser Sitzposition, mit der sie mit geschlossenen Augen leicht ins Nirwana gelangen können! "Ins Nirwana - echt?" Ludger klickte auf den alten Plattenspieler unter dem Tisch, ohne zu versäumen nochmal unter den Rock zu schielen. Musik der Beefeaters waberte durch den Raum, Psychedelic Blues aus Dänemark von 1968. Anette schloss die Augen und Ludger fing an vorsichtig Anettes Knöchel zu massieren. Sie hielt die Augen geschlossen und Ludger massierte weiter in Richtung Anettes Knie. Sie wiegte sich im Rhythmus des Blues, schaukelte langsam seitlich hin und her. Als Ludger am Spitzenbesatz der Strümpfe anlangte, öffnete sie die Augen und sprang vom Tisch. "Mach die Vorhänge zu!" sagte sie gurrend und Ludger machte nicht nur die Vorhänge zu, sondern hing an die Werkstatttür das Schild "KOMME GLEICH WIEDER!". Ein Schneider kann sehr schnell Knopfleisten auf und zu knöpfen. Seine eigene konnte Ludger noch schneller jetzt aufknöpfen. Er brauchte nicht hin zu sehen, er sah zu Anettes Beckeneingang, die schon wieder auf dem Tisch saß. Nicht im Schneidersitz, ihre Beine baumelten links und rechts an den Enden einer in der Tischkante eingelassenen Elle. Sie entspannte ihre Hüftgelenke auch ohne Schneidersitz. Weitete den Querbecken-durchmesser und den Beckeneingang und schlang ihre Beine um Ludgers Hüften. "Sie............sind................ja..............ein............er....... ....ma...................chen................sie...........das.......... ..mit.............je.............der" keuchte sie und Ludger keuchte dabei ohne Silben zu nennen. Er sah rechts hoch zum Stoffschrank neben dem Fenster, wo oben ein altes Buch von 1914 lag. "Mann und Frau", 1914 Verlagsbuchhandlung Max Otto Groh, Dresden, und dachte dabei an ein Zitat aus der Seite 233 "Das Reiben des Gliedes in der Scheide erhöht das Glücksgefühl". Lange brauchte er nicht zu reiben. Das Glücksgefühl war zu groß und er dachte an das erste Wort seines Schildes draußen an der Türe "Komme!" Macht nichts!", sagte Anette, als er das Schild wieder abhing. "Ich komme morgen wieder!" Anette kam fast jeden Tag, bis Ludgers Frau aus der Kur zurück war. Nach mehreren Wochen, in denen sich Anette nicht bei Ludger meldete, bekam Ludger einen Telefonanruf mit dem folgenschwerem Inhalt, das Anette schwanger von Ludger wäre und für einen Betrag von Fünfundzwanzig tausend DDR-Mark auf alle weiteren Ansprüche verzichte. Besonders seine Frau würde nie etwas von dem Geschehen auf dem Schneidertisch erfahren. Ludger ging zur Sparkasse, holte Bargeld und zahlte. Monate gehen ins Land und Anette bleibt bei ihren Maßen. 92-63-89. Anette war nicht schwanger. Lediglich die Haarfarbe änderte sich ins Brünette und das Haar glänzte geheimnisvoller wegen teurerer Haarspraysorten aus dem Exquisitladen. Einem Freund erzählt er vom Buch "Mann und Frau", den Sünden auf dem Schneidertisch und dem schönem Geld, was er der Anette dafür gezahlt hat, dass seine Frau davon nichts mit bekommt. Der Freund erzählt es einem Polizisten beim Bier im Suff und der erzählt das schriftlich dem Staatsanwalt. Danach gibt es ein Gerichtsverfahren und das Ereignis wird Inhalt einen Büttenrede eines Karnevalvereines. So erfährt es die ganze Stadt. Von dem Schneidertisch, dem Buch "Mann und Frau" aus der Verlagsbuchhandlung Max Otto Groh, Dresden und den fünfundzwanzigtausend Mark für kein Kind. Meister Ludger saß nie wieder auf dem Tisch am Fenster.

Krimskrams, Krempel und Schätze in und um Salzinge

"Die schmisse all aues wech!" (Die schmeißen alle alles weg) sagt mein Opa, als ich sehr klein war, als er seinen Fahrradgepäckträger leert . Er hat auf dem versteiften Gepäckträger eine alte Blechkiste montiert. Da holt er dann zwei Petroliumfunzeln/Sturmlaternen, eine Zigarrenkiste Schuster-Handwerkszeug und ein Karton mit krummen Nägeln hervor. Tagelang sitzt er, der noch rüstige Rentner im Garten in der Hühnervoliere und klopft die Nägel wieder schön gerade. Salzinge hatte 1930 einundzwanzig Schuhmacher/Schuster. Fünfundzwanzig Jahre später, 1955, waren es noch fünf. Also wurde im Laufe der Zeit das Werkzeug und die Maschinen von zwanzig Schustern entsorgt. Eine fast komplette Werkstatt hatten wir dann auch im Keller und Opa besohlte mit Geschick und allerlei vorhandenen Ersatzteilen und Zubehör meine Schuhe. So schief gelatschte Absätze wie heute hatte ich damals nie. Ich hatte damals durch diese Zufälle eine fast komplette Goldschmiedewerkstatt, die ein Fundament späterer beruflicher Wege wurde. Opa sammelte nämlich nutzvolles Zeug, was andere Leute als nutzlos weg geschmissen hatten. Vieles machte Opa anders, als andere Leute. Schon sein Vater, mein Urgroßvater, hatte 1926 eine Hühnervoliere gebaut, wo die Hühner tags in einem riesigen vergitterten Käfig herum flitzten und Nachts schön warm im Keller des Hauses auf Stangen schliefen und schissen und die Eier in gemauerte Buchten ablegen. Getreu einer mal von Urgroßvater angelesenen Devise, Hühner legen mehr Eier, wenn sie es schön warm haben! Selbst bei dem größten Scheißwetter ging meine Mutter in Hauslatschen in den Keller und brachte trockenen Fußes die Eier auf den Frühstückstisch. 8 Gipseier animierten die Hühner täglich neue frische Eier zu legen. Eine Räucherkammer war im Keller eingebaut, ein Weinkeller (immer leer) und mehrere Werkstätten-Ecken für KFZ/Mechanik/Elektrik, Eismaschine, Marmeladenkochkessel, Bottichwaschmaschine, Kreissäge, Holzspalter.. Eine komplette Holzwerkstatt nebst Bandsäge und Dicktenhobelmaschine war auf dem Boden. Papa war Flugzeugingenieur besaß Höhenmeter, Kompressoren für Leitwerkregler und Fluidkompasse für alle möglichen Flieger- und andere Meßgeräte. technisch besehen waren wir so ziemlich autark. Lediglich Schweißtechnik hatten wir nicht, davor hatte Papa und Opa Schiss! Was Opa mit dem Fahrrad und später mit einem SR1, quasi einem Damenfahrrad mit Motor, organisierte, machte mein Papa mit seinen kleinen LKW´s. Erst mit "TEMPO-", dann mit "FRAMO" LKW´s. So um 1957 bekommt mein Papa den Auftrag einen Dachboden und eine Wohnung in Salzinge leer zu räumen. Über der Kneipe "Gute Quelle", Bahnhofstraße 9. Ich musste mit, Kleinkram/Krimskrams tragen. Das habe ich gerne gemacht, weil bei solchen Sachen immer mal was abfiel. Mal alte Schlittschuhe, mal Skier, mal ein interessantes Taschenmesser oder Taschenlampe und vieles andere nutzlose und nutzvolle mehr. Mein Vater wuchtete mit seinem Mitarbeiter vom Boden auf einmal zwei in Decken verpackte und verschnürte Blechkisten runter zur Tempo Ladefläche, denn wenn man klopfte klang es blechern. Als die Verschnürung durchtrennt war, wurden zwei alte gefüllte rote Zigarettenautomaten ausgewickelt. Die Zigaretten rochen kaum mehr nach Zigaretten, sie waren von um 1939. "Vorkriegsware" sagte mein Papa und zündete sich so eine alte Zigarette an. Dann hustete er mörderisch. Nachdem wurde der Boden weiter ausgeräumt und der finstere Raum brachte in unzähligen Kisten die seltsamsten Sachen zum Vorschein. In einer Kiste lagen Hunderte von Einkochthermometern in anderen Hunderten von Aräometern. Alle stammten aus Ilmenau mit Verpackungspapieren aus der Kriegszeit. Als dann noch Kisten und Kästchen mit Taschenuhren, Armbanduhren und Weckern zum Vorschein kamen, schickte mein Vater seinen Mitarbeiter nach Haus mit Zigaretten, Thermometern und Aräometern voll bepackt. Das hatte seinen Grund. (http://de.wikipedia.org/wiki/Ar%C3%A4ometer) (Mein Vater hatte 1957 mit seiner Spedition ein Gewinn von 2738,12 DDR-Mark im Jahr erzielt, was monatlich 228,176666667 Mark der DDR bedeutete. (Ein Bergmann verdiente damals in Merkers fast das doppelte - aber wir waren damals in den Augen der Salzinger Kommunisten verhasste Kapitalisten, Ausbeuter, Halsabschneider, Wucherer, Nutznießer, überhaupt Geschmeiß und Ungeziefer, dass man zertreten sollte). Eigentlich wäre es das zehnfache gewesen wie in Hessen,meinte Papa. In Melsungen, bei seinen Kollegen, wäre das so. Aber durch die fast neunzig prozentige Steuerprogression der DDR war es eben nicht mehr möglich Rücklagen für neue Speditionsfahrzeuge zu bilden. Ein Jahr später hat man sowieso seine Spedition mit einem Federstrich enteignet. Als er sich dann in den Betrieben der Stadt als Ingenieur beworben hat, hat man ihn für größenwahnsinnig gehalten....Ungefähr in der Art: "Was hat den bitte ein Spediteur mit Ingenieur zu tun?") Auf dem Dachboden der "Guten Quelle" war er auf ein vergessenes Schwarzmarktlager der Kriegs-/Nachkriegszeit gestoßen. Der ehemalige Inhaber dieser Reichtümer war nach dem Westen abgehauen und dort verstorben. Daraus wollte nun mein Vater eine gute steuerfreie Quelle erzeugen. Papa erklärte sich zum Alleinerben. Alles wurde dann auf den kleinen dreirädrigen Tempo Lastwagen geladen, der bis zu 0,75 Tonnen laden konnte und nach Hause gefahren. Ein Kellerraum wurde bis zur Decke mit dem Krempel voll gestopft. Tage später verschwand alles als Stückgut verladen nach Leipzig zu einem Spediteurskollegen. Der Ertrag des Dachbodens ergab einen vierrädrigen LKW, einen FRAMO und ich bekam ein gebrauchtes 26er Fahrrad und sollte gefälligst über diesen Schatzfund die Fresse halten. Was ich bis heute auch einigermaßen getan habe. Nicht verjährt sind andere Ereignisse, die ich damals mit bekam. In den Fünfziger Jahren war für mich hinter dem Grundstück vom Tischler Hebs die Stadt Salzinge nach Süden gesehen zu Ende. Rechts der Kaltenborner Straße zog sich ein tiefer Graben zwischen der Reizwiese bis zu den Drei Eichen und der Hersfelder Straße hin. Als ich vierzehn Jahre war, war der Graben so ziemlich zu geschüttet und die rechts der Straße liegenden Grundstücke wurden Baugrundstücke. Ähnliche Gruben und Gräben haben die Salzinger kontinuierlich seit dem Mittelalter zugeschüttet. Eine "Teufelsgrube" am See, dann folgten die Gräben um die Stadtmauer, die Silge und die Armbach wurden kanalisiert und mutierten zu Abfallgruben. Hier verschwanden in der Hohle der ehemaligen Armbach Produktionsabfälle aller Salzinger Betriebe, wie Kaltwalzwerk, Pressenwerk, Erbe, Leimwehner, Brauereiabfälle, Schlacke der Lokomotiven der Deutschen Reichsbahn, Apothekeneinrichtungen, mit allen alten und abgelaufenen Medikamenten, vergammeltes Mehl der Mühlen, Molkereiabfälle, vergammelte Lebensmittel der Grosshandelsgesellschaft Lebensmittel aus der Bahnhofsstraße. Bei Wohnungsentrümpelungen wanderten fast alle Salzinger Sofas, unnötige und vergammelte Wohnmöbel samt der Betten und dem Kleinkram in der Armbachgrube. Auch mein Vater hat das so damals gehalten. Eine geregelte Müllabfuhr und Deponierung in Kloster war erst im Wiederentstehen in dieser Zeit. Jetzt erholen sich über der ehemaligen Armbach - Müllgrube Salzinger auf Wochenendhausgrundstücken. Schlenker haben wir in Salzinge Jungs dafür gesagt und meine Mutter war beruhigt, wenn ich sagte "Mama ich geh hit uff den Schlenker" Umgangssprachlich ist dies eigentlich ein Synonym für einen Umweg (wieder auf den eigentlichen Weg zurückführender kleinerer Umweg). Sie wusste dann, ich stelle keinen Blödsinn an und bin danach tagelang beschäftigt mit der Reparatur alter Radios, dem gangbar machen von Milchseparatoren, was absolut nutzlos war, wir hatten die Ziegen um 1956 abgeschafft, respektive auf gefuttert. Aber der Milchseparator schnurrte so schön und ein Kaltenborner Bauer, der bei uns vorbei lief, gab meiner Mutter für den noch voll funktionsfähigen von mir geretteten Milchseparator ein paar Würste. Nur, weil ich oft auf den Schutthalden Salzinges unterwegs war, sank ich in der Achtung meiner Klassenkameraden. Wer im "Schutt/Dreck/Abfall" herum wühlt, ist eine arme Sau und nicht ganz dicht!" war so deren Meinung zum Teil. Einige wenige revidierten das, als ich mit fünfzehn Jahren der erste war, der ein Moped SR2 und einen eigenen Gaul hatte und ich sie in meine Beschaffungsmethoden einweihte. Jedem hab ich erzählt, das mir das mein Opa geschenkt hat. Ich hatte Freunde, die waren auch so drauf wie ich - und auf Schutthalden und Bergehalden haben wir weit weg von Salzinge unsere Touren gemacht. (Den zweijährigen Gaul fand mein Opa in Barchfeld in einem Stall. Das Pferd hatte eine Meise und war kopfscheu. Eigentlich sollte der Gaul zum Birnschein in die Silge gebracht werden für Pferdewurst und Pferderouladen - Opa nahm das Pferd zum Schlachtpreis mit und machte den Pferdepflüsterer. Nach zwei Jahren hatte ich die Nase vom Pferde füttern und Pferde striegeln voll, der Gaul wurde wieder verkauft.) Irgendwann, um 1962 kutsche ich mit dem SR2 von Gumpelstadt Nach Schweina. Ich wollt zur Schweinaer Schutthalde an der Friedhofsstraße am Lindchen. Neben der jetzt L1126 in Höhe der "Glücksbrunner Werke" sitzt ein erwachsenen Mann in sehr dreckigen Klamotten mit einem Hammer und kleinen Meißeln bewaffnet an einer Kupferschieferhalde und spaltet Kupferschiefer. Ich frage ihn, was er da sucht, obwohl ich es eigentlich ahnte. Schon in der 7. Klasse war ich mit dem Fahrrad dort und habe Fischabdrücke gesammelt. Der Mann sagt, er sucht den Archaeopteryx und erzählt mir die Geschichte von einem fliegendem Drachen. "Das „Berliner Exemplar" (gefunden zwischen 1874 und

1876 auf dem Blumenberg bei Eichstätt), gilt mit seinen deutlichen Federabdrücken und einem erhaltenen Schädel als das wahrscheinlich schönste und vollständigste Stück. Der Finder Jakob Niemeyer tauschte den Fund für eine Kuh im Wert von 150 bis 180 Mark ein." Es ist inzwischen viele Millionen wert. Ich wurde damals ein wenig angesteckt mit dieser Art "Schatzsuche" und habe aber keinen Archaeopteryx gefunden. Weltweit sind es erst zwölf Exemplare, die entdeckt wurden. Trotzdem war es der erste vernünftige Kontakt mit Leuten, die sich für Geowissenschaften und Bergbaugeschichte der Region interessierten. Unsere Heimat wurde in den vergangenen Jahrhunderten intensivst nach Kupfer durchwühlt. Geblieben sind Kupferschiefer-Schutthalden und unsichtbar, unbekannt und verborgen unter den Äckern und Wäldern ein unterirdischer Bergbau-Emmenthaler Käse. Stollen, Restlöcher, Wetterschächte, Förderschächte Bergbau-Tunnelsysteme vieler Art. Man buddelte damals nicht mit Fördertürmen, sondern marschierte mit Pickel und Arschleder waagerecht oder schräg in den Berg. Im Berg ist kaum noch was zu holen, aber auf den Halden, den sogenannten "Bergehalden"! Einige Literaturfundstellen/Bibliographiequellen sind von Wilfried Hacker erwähnt. Das ist so ein Typ, den ich damals an der Kupferschiefer-Halde kennen gelernt hatte. Nur, zu dieser Zeit war ich wie viele Menschen bezogen auf Kulturgut noch ungebildet und naiv und schmiss 1967, als mein Opa starb, seinen Biedermeierskretär und einen Biedermeiertisch aus dem Fenster und machte Brennholz daraus. Ich sollte Platz schaffen für ein Kinderzimmer für unseren neuen Mieter. Ich zog dann aus Salzinge fort und kam Mitte der Siebziger Jahre zurück. Die Schlenkertouren nahm ich sofort wieder auf, aber weit außerhalb von Salzinge. Inzwischen war ich auf einer ganz anderen Ebene geschult. Ich kannte den Zugang zu wissenschaftlich wichtigen Archiven. Das Zentrale Staatsarchiv in Berlin, Leipzig und Meiningen. Der Herr Voß und der Herr Lehfeldt war mir bekannt und dessen interessanten Werke: "Der bekannte deutscher Kunsthistoriker Paul Lehfeldt wurde am 9. Februar 1848 in Berlin geboren. Er war der Sohn des Berliner Verlegers Joseph Lehfeldt (1804 bis 1858). Als Schüler besuchte er das Friedrichwerdersche Gymnasium in Berlin. Danach studierte er von 1867 bis 1871 in Bonn und Berlin Kunstgeschichte und Archäologie. Daneben bestand er im Jahre 1868 an der Berliner Bauakademie die Bauführerprüfung. 1871 promovierte er in Halle zum Dr. phil. und 1876 habilitierte er sich als Privatdozent an der Technischen Hochschule in Berlin-Charlottenburg. 1884 wurde Paul Lehfeldt zum Konservator der Kunstdenkmäler Thüringens berufen. 1886 sein erstes großes Werk in der Reihe «Die Bau- und Kunstdenkmäler der Rheinprovinz», der damals erste Band: «Die Bau- und Kunstdenkmäler des Regierungsbezirks Koblenz»Ein Auftragswerk der Regierungen von Sachsen-Weimar Eisenach, Sachsen-Meiningen und Hildburghausen, Sachsen-Altenburg, Sachsen-Coburg und Gotha, Schwarzburg-Rudolstadt, Reuss älterer Linie und Reuss jüngerer Linie wurde er mit der Herausgabe der «<u>Bau- und Kunstdenkmäler Thüringens</u>» beauftragt. Von 1888 bis 1899 erschienen sechzehn Hefte. Das Projekt wurde nach seinem Tod weitergeführt und 1917 mit dem 41. Heft vollendet. Weitere Schriften von Paul Lehfeldt waren 1890 «Einführung in die Kunstgeschichte der Thüringischen Staaten» sowie 1892 «Luthers Verhältnis zu Kunst und Künstlern». Paul Lehfeldt starb am 2. Juli 1900 in Bad Kissingen."Heute kann man direkt über das Internet in diesen Büchern herum stöbern, um danach auf Schatzsuche zu gehen. Aber Achtung! Sämtliche Schlösser und Gutshäuser der Region wurden nach 1945 ausgeplündert. Zum Teil von Flüchtlingen aus den Ostgebieten, die in diese Schlösser eingewiesen wurden. Zum Teil retteten die Nachbarn dieser Schlösser den wertvollen adligen Besitz vor wem auch immer. So mancher findet nun noch heute ein von Opa oder Papa geerbtes Kunstgut aus "ehemaligen Familienbesitz" in seiner guten Stube. Rechtlich kann man das heute behalten. Der "Klau" ist verjährt. So dauerte es nicht lange und ich hatte den Biedermeier Sekretär wieder. Sogar noch einen viel schickeren. Den fand ich in Dermbach im

Hühnerstall der Arztwitwe Frau Stapf. Für wenig Geld hat sie mir das ramponierte Ding fast geschenkt. Nach einer Restaurierung wurde der wieder wie neu. Manchmal bin ich auch nur auf Fotojagd gegangen, wie nach dem historischen Männchen von Oechsen. Aber das ist schon wieder eine total neue Geschichte...Man hat mich mal gefragt, ob ich in Sachen Schätze auch was gefunden habe. Ich hatte schon was gefunden. Das wurde aber Mitte der 80er Jahre gefährlich. Schalck Golodkowski und seine Staatssicherheitstruppe vom Antikhandel Pirna waren hinter wertvollen Antiquitäten, die sie für Westgeld verscheuern konnten her. Ich habe damals aus purer Angst alles verkauft und behielt nur relativ wertlose bäuerliche Möbel und machte mir fortan meine Möbel selber. Da brauchte ich keine Angst mehr vor diesem Pack zu haben. Freunde von mir in Salzinge hatten mehr Probleme, als nur ein wenig Angst - man hat sie zur inoffiziellen Mitarbeit als "IM" erpresst. Ich wurde rechtzeitig gewarnt! Als mir die Stasi auf die Schliche kam, habe ich mir mein Kulturgut selber gemacht, und die konnten mich mal kreuzweise.

Leute, die an runden Tischen sitzen...und Steine betrachten

Um 2004 sitzen in der Mitte des Sommers drei junge Männer an einem verregnetem Abend im damaligen Hotel Salzinger Hof mit nicht sehr sauberen Klamotten in nassen schmutzigen Schuhen an einem runden Tisch und betrachten auf einen Holz-Buffet-Drehteller faustgroße schwarze Steine. Sie sind gut gelaunt und trinken laut und lustig Champagner der Sorte Dom Pérignon. Dabei drehen sie ab und zu den Teller mit den Steinen. Die Kellnerinnen sehen missmutig zu den Dreckspatzen in ihren dreckigen Schuhen mit den teurem Gesöff und würden sie am liebsten aus dem piksauberen Restaurant des Hotels werfen. Das geht kaum, weil sie seit einer Woche Gäste in den besten Räumen sind und an jedem Abend ordentlich Verzehr und Getränke Umsatz machen. Die Zimmer sind im voraus bezahlt, von einer Firma, die mit irgendwelchen Rohstoffen zu tun hat. Eine Kellnerin sagt zur anderen, "das sind irgendwelche Schatzsucherspinner aus Sachsen".Jemand sitzt am Nebentisch und spitzt die Ohren. Aus dem 15. Jahrhundert stammt ein Spruch über Menschen in Thüringen, den auch der Heimatdichter Wucke damals in Salzinger in einem Sagenbüchlein kolportierte: "Vergeßt nicht, Freund, daß in Eueren Bergen Mancher mit einem Steine nach einer Kuh wirft, der oft mehr wert ist als diese selbst" Dieser Satz fällt in einer abgewandelten Form an dem Tisch mit dem Drehteller. Ein Glücksbrunner hätte erst gestern mit Steinen nach einer Ziege geworfen. Die Männer am runden Tisch sind Experten, die diese Steine kannten, mit denen nach Kühen und Ziegen geworfen wurden. Die "Schatzsucherspinner" waren in einer Gegend unterwegs, bei einem ehemaligem Schachtgelände, wo mal die Familie Trier aus Sachsen mit einem sehr eigenartigem Bergbauunternehmen schon mal steinreich wurde, obwohl der Kupferabbau absolut dem Ende entgegen gegangen war. Die drei Männer mussten von Salzinger aus nicht weit fahren. Hinter Barchfeld bogen sie links ab und fuhren mit ihrem unauffälligem an geschmuddeltem Geländewagen in einen Garten in Schweina, hinter Glücksbrunn. Dort packten sie komische Geräte aus dem Fahrzeug, nahmen mit hohlen Stangen kleine Erdproben und hanitierten mit GPS Geräten. Von alten Schiefer-Bergschutthalden sackten sie Proben ein und verschwanden dann wieder zu weiteren Grundstücken in der Nähe. Sie suchten in einer Bergbausysthematik, die schon seit dem Fünfzehnten Jahrhundert aus Italien heraus in der Gegend um Salzinge anfangs total illegal betrieben wurde. In Sagen und Schnurren wurde berichtet, das kleine Leute, die "Venediger" in der Gegend waren. Wenn man ihre schweren Säcke inspizierte, in denen man Gold und Silber vermutete, glitzerte es nie. Man fand nur schwarzen Dreck. Für Dreck konnte man kaum Wegezoll entrichten. Die Venediger erzählten, die schwarze Erde wäre für ihr Vieh als Medizin in ihrer Heimat. So im Herbst verschwanden die mit ihrem Dreck über Würzburg und München und kamen regelmäßig im Frühjahr wieder. Sie zahlten gut mit hartem Silberdukaten für Kost, Logie und Transportleistungen und auch Wegezoll, kauften Pferde, Esel und Ochsen für ihre Heimreise im Herbst. Doch sie waren eben verdächtige unheimliche Fremde, ein Kopf kleiner, sahen ein wenig seltsam aus mit ihren dunklen Augen und sprachen die Sprache der Gegend nur gebrochen. Nur mit katholischen Geistlichen, die lateinisch verstanden, konnten sie sich einigermaßen verständigen. Das Märchen "Schneewittchen und die Sieben Zwerge" haben sie wohl in Deutschland zurück gelassen. Was man aber damals in der Gegend kaum wusste, es waren kluge professionelle Prospektoren, Kuxgänger aus Italien, die ganz bestimmte Mineralien suchten, die es in Italien leider nicht gab, und die man in Thüringen bislang noch nicht gebrauchen konnte. Und sie fanden sie überall, auf manchem Ackerland, Brachland und in Wäldern wo ganz bestimmte Veilchen und Nelkenarten wuchsen. Das änderte sich um 1714 blitzschnell, als offiziell Kobaltvorkommen im Glücksbrunner Revier entdeckt wurde. Man hatte den "Venedigern" nach spioniert, was sie da für Dreck nach Italien schleppten, um in Venedig

Glas fein blau zu färben. Ein Jahr später kamen sächsische Bergleute und der Hofrat Johann Friedrich Trier aus Dresden und verarbeiteten an Ort und Stelle das Kobalt in einem Farbenwerk zu Kobaltblau! 1717 wirft das Werk schon um 40.000 Reichstalern ab. Der Herzog Ernst Ludwig von Sachsen-Meiningen ist natürlich beteiligt an den Erträgen. Die Hofhaltung in Meiningen kostet ja ordentlich Geld. Im Jahre 1901 sitzen im Hotel Sächsischer Hof in Salzinge auch drei Männer aus Sachsen, die einen neuen dicken Kobaltgang hinter Schweina gefunden haben. Dieses Vorkommen befand sich südlich der Straße Schweina - Gumpelstadt und wurde auf den Namen "Beyschlag-Rücken" getauft und abgebaut. In Salzinge hat sich das nicht schnell mit neidischen Kommentaren herum gesprochen, wie die Chrom-Nickel-Erz und Flußspat-Vorkommen bei Liebenstein, Kalibergbau in Kaiseroda und Merkers sowie Braunkohleflöze und Basalt in Kaltennordheim. Salzinger waren am Gewinn dieser Bergbauunternehmen nur sekundär beteiligt. Herum gesprochen hat sich aber, das der Eisenbergbau in Thüringen langsam beendet wird, weil besseres Eisenerz per Bahn aus dem Ruhrgebiet inzwischen auch in Salzingen verhüttet wird. Zwar nicht nur Stahl, aber feinstes Grauguß. Um 1900 geht es aufwärts mit Arbeitsstellen, mit Wohlstand, mit Erfolgen aller Art. Das Geld mit dem "Beyschlag-Rücken" machen aber andere. 2004 sieht es in und um Salzinge ganz anders aus. Bergbau gibt es kaum noch. Fast alle ehemaligen Bergleute sind im Westen, sind Rentner oder ALGII. Die Sole unter Salzinge sprudelt lustig weiter ohne dem Zugriff aus Hessen und in Unterbreizbach wird Kali vom feinsten mit wenigen Bergleuten für die Hessen voll mechanisiert abgebaut. Von unter der Erde wird hinter Etmarshausen noch Kies gewonnen. Ein schickes Schaubergwerk in Merkers gibt es. Nur was war da auf dem Teller? Die schwarzen Steine auf dem Drehteller waren harmlose Manganknollen und Kobaltbrocken, die in Sammlerkreisen begehrt sind. Jeder Geologe oder Mineraliensammler hat diese schönen Steine und Kristallstufen im Sammler-Schrank. Dafür macht man aber keinen Dom Perignon auf. Die Typen waren Geologen und gehörten zu der Sparte "Vorerkundung/Reconnaissancer". Sie suchten Yttrium, Rhodium, Cer, Terbium, Praseodym, Dysprosium, Neodym, Lanthan, Niob. Sie suchten, was China bisher zu 95% satt und genügend vorrätig hat, sie suchten Seltene Erden!

Salzinger „Goldsucher"

„Lass die Finger davon" sagte Werner zu DDR Zeiten, als ich wieder mal Ambitionen hatte, meine Schatzsuche außerhalb meines bisherigen Wirkungskreises aus zu weiten. "Gold geht schon mal gar nicht, das bekommst du hier nicht sicher los. Das ist so, wie wenn du im Keller der Staatsbank einen Goldbarren besorgst und den Barren in den oberen Etagen wieder zu verkaufen versuchst. Die DDR ist ein Hochsicherheitstrakt wie die Staatsbank, die eigentlich keinen Tresor mehr bräuchte!"Werner hatte recht, wusste ich, als er mir erzählte, wie ein Zahngoldraub von Salzinge um 1970 aufgedeckt wurde. Im VEB Bergbau- und Hüttenkombinat Albert Funk, wohin die Abrechnungsnachweise für den Ankauf von Gold-haltigen Materialien geschickt wurden, saß ein Informant, der der Kripo in Freiberg was steckte, wenn ungewöhnliche Mengen Gold von einer einzigen Person mehrfach verkauft wurden. Einmal kam von einer Person 38,4 Gramm Zahngold zu 9150,34 Mark, drei Monate später 19,2 Gramm 4600,22 Mark. Auf den Abrechnungszetteln stand Name: Krautstein, Vorname: Heinz, Wohnort: Steinbach, Straße: Am Schleifkotengrund 134, Ausweisnummer: 32485965295. Man brauchte nur bei der Volkspolizei Meldestelle in Salzinge an zu rufen, wo man den Hinweis erhielt, dass Heinz im Krematorium Salzinge seit zwei Jahren zuverlässig und emsig arbeitete. Vorher hatte Heinz zwei Jahre in Untermaßfeld im Knast wegen Diebstahl von Volkseigentum gesessen. Heinz hatte zwei Schweine geklaut und heimlich selber geschlachtet. Für jedes Schwein bekam Heinz ein Jahr. Für jedes Gramm Gold vom Salzinger Krematorium bekam Heinz einen Monat Knast. In Goldlauter bei Suhl vergoldete Heinz dann in seinen Haftmonaten in der Galvanikabteilung als Strafgefangener Jagdgewehrschlösserplatten mit Gold und Silber. "Woher weißt du das ?" fragte ich damals noch Werner. "Vom Schillings Horste, der wurde aus der Salzinger Kripo rausgeschmissen, einmal weil er zuviel gesoffen hatte und zum anderen, weil sein Bruder achteraus gesegelt ist." "Achteraus?" "Na , Achteraus ist der Begriff für das Verpassen der Abfahrt eines Schiffes durch ein Besatzungsmitglied. Hier Abhauen aus der DDR Fischfangflotte von einem Fischlogger in Skagen in Dänemark, als der Fischdampfer dort wegen Zahnschmerzen des Bestmannes anlegte. Eine Goldplombe hatte sich gelöst. Schillings Horste erzählte in der Kneipe "Schöne Aussicht" im Suff noch ganz andere Sachen wie von der Grabräuberbande aus Leipzig, die dort ordentlich generalstabsmäßig geplant verschiedene Grüften des Großbürgertums auf den Leipziger Friedhöfen knackten und mittels Blechscherchen die Zinksärge wie Heringsdosen öffneten. Dann wurden mit einer Wasserpumpenzange die Goldplomben gezogen und nachdem in Leipzig bei verschiedenen Goldschmieden verkauft. Im Ergebnis wurden diese Grabraub-Experten dann von der Leipziger K1 wie die Hühner auf dem Hühnerhof eingesammelt. Danach gab es ein Gerichtsverfahren wegen Verbrechen zum Nachteil Sozialistischem Eigentums. Denn Tote, die keine Angehörigen mehr haben, gehören dem Staat!" Das alles habe ich in Erinnerung, als ich einmal eine e-mail aus Brasilien, aus Blumenau erhielt mit einem Link zu einer Webcam. Den Absender kannte ich eventuell. Er war im Sommer 1990 nach Brasilien ausgewandert. Es war Heinz. Heinz kam nach seiner Haftentlassung wegen der Zahngoldsache zur "Eingliederung" beruflich wieder an einem Ofen unter. Diesmal nicht in einem Krematorium, sondern in einem Heizwerk bei Salzinge. Als die Arbeitsplatzbindung auslief, wurde Heinz Straßenbauer und oft tätig in einer Brigade, die DDR weit alte Friedhöfe entsorgte, die einer Baustelle im Wege standen. Seine Kollegen ekelten sich, wenn Gräber mit der Baggerschaufel geöffnet wurden. Heinz machte das nichts aus und so wurde er eingeteilt, die alten Knochen zu sortieren. Heinz sortierte sorgfältig die Totenschädel mit den Unterkiefern. Eine Wasserpumpenzange benutzte er diesmal nicht, die wäre zu groß und zu umständlich gewesen. Er hatte eine kleine alte Extraktionszange vom Zahnarzt immer dabei, mit der er schnell und geschickt die Goldkronen "extrahierte". Im Verlaufe der Jahre bis 1989 sammelte Heinz wohl einige Kilo Zahngold. Insofern wurde er rückfällig wegen dem Jagdfieber nach dem Gold. Nicht rückfällig wurde er, das Kronengold zu verkaufen. Er sammelte und sammelte und wenn ein Kilo zusammen gekommen war, goss er daraus wegen einer Marotte eine Boule Kugel, die heute so fünfunddreißigtausend US-Dollar wert ist. Im November 1989 ging in Berlin die Mauer auf und ein halbes Jahr später saß Heinz mit einem Boule-Köfferchen Schildkröt 970011 entweder in Silber oder in Blau in einem Flieger nach Rio de Janeiro. In Brasilien kaufte sich Heinz von zwei Kugeln Gold ein Schiff, Kompressoren und starke Pumpen. Das hatte er im Knast gelesen, wie man das macht mit dem Schiff und den Pumpen. Erst in einem Buch von den beiden Tschechen Hanselka und Sigmund. Die kutschten um 1948 mit einem luftgekühltem Tatra 87 um die Welt und nach Brasilien, wo sie bedauerten nicht zum Gold schürfen bleiben zu können. Aber sie fotografierten alles, was ihnen ungewöhnliches vor die Linse kam. Um 1963 las er seine Bücher und träumte von ihren Abenteuern beim Betrachten der Fotos. Der Traum von Heinz erfüllte sich. Aus einem Kleinkriminellen mit speziellen Extraktionskenntnissen wurde ein mehrfacher Goldschürf-Millionär, der jetzt in Blumenau oder sonstwo noch sehr rüstig mit seinen über achtzig Jahren jeden Sonnabend hinter dem Forum da Justiça Federal, an der Rua Padre Roberto Landell de Moura 54 mit dem ehemaligen Presidente Justiça Federal Boule spielt. Wenn Heinz wieder mal gegen einen pensionierten Richter von Blumenau gewonnen hat, trinkt er mit ihm im Türmchen in der dritten Etage einen Nordhäuser Doppelkorn und schaut schmunzelnd entweder auf die halb dürre Palme oder auf die angetrocknete Linde, die vor dem Gebäude steht.Er denkt an das tagein tagaus milde Wetter und erinnert sich sicher wie ich manchmal auch an den Daniel und dem Werner seine Lügengeschichten...

Der Herr Hahn

„Tempura mutantur, nos et mutamur in illis", („die Zeiten ändern sich und wir ändern uns mit ihnen!") Irgendwann Mitte der Siebziger Jahre fahre ich mit dem Zug kurz vor Weihnachten von Salzinge nach Eisenach mit meiner Mutter. Kurz hinter Unterrohn meint sie, schau mal aus dem Fenster kurz nach dem Bahnhof von Oberrohn da zum Wald hoch. Da ist die Gemarkung Fichtenkopf, da schwimmt jemand täglich im eigenem beheiztem Gartenschwimmbad auf dem Rücken. "Wieso macht der das bei der Kälte?" frage ich meine Mutter, die dann antwortet, "Der kann das halt und ist ein genau so verrückter Ingenieur wie du!". Meine Mutter hatte ab und an Jobs als Dolmetscherin in Landwirtschaftlichen Produktionsgenossenschaften der Region, die Kontakte nach Mezökövesd in Ungarn hatten und meinte, die Kommunisten der Region hassen und ehren den Hans Hahn gleichzeitig wie die Pest. Das hat sie bei Gesprächen in Oberrohn, in Möhra mit bekommen. Später bekomme ich am Rande der Geschehnisse mit, Hans Hahn hat sein 12,5 Meter Schwimmbad selber konzipiert und gebaut mit verstellbaren Sonnenkollektoren und auch mit Folie überdacht. Somit hatte er praktisch ein beheiztes privates Freibad. In der SED Kreisleitung und in der Kreisverwaltung Salzinge spuckt man Gift und Galle, weil dieser Dreckskapitalist sich erdreistet, warm in Herbst- und Wintermonaten mit ungenehmigter Sonnenenergie im Freien zu baden, während viele Genossen und Nichtgenossen in Salzinge, Barchfeld, Tiefenort, Merkers, Vacha, Geisa in ihren Wohnungen jämmerlich frieren müssen, weil mal wieder zu wenig Briketts in den Kreis Salzinge geliefert wurden. Man will ihm eins auswischen, weil er mit hundertprozentiger Sicherheit ohne alle Baugenehmigung den "Scheiß-Swimming-Pool" gebaut hat. Die Genossen haben Pech mit dieser missliebigen Ahnung. Die Baugenehmigung von Hans Hahn wurde ordnungsgemäß, fristgerecht und fachgerecht erstellt und erteilt. Das er die Sonne nutzt zur Erwärmung seines Schwimmbades mit lumpigen schwarzen Kunststoff-Folien ist in der DDR nicht verboten. 1973 hatte man Hans Hahn teilenteignet und als Betriebsleiter des nun volkseigenem Betriebes im ehemaligen privatem Betrieb eingesetzt. Dann ging er aber gezwungenermaßen altersmäßig in den Ruhestand und die Salzinger Kommunisten konnten ihm danach kreuzweise den Rücken runter rutschen. Nach der Enteignung schickte man ihn noch zu einer politischen Schulung nach Meiningen, wo kluge SED Referenten ihm erklärten, wie die Politische Ökonomie des real existierenden Sozialismus, wie "Wirtschaft" nun mal völlig neu funktionieren soll. Hans Hahn heulte fast vor Wut und Enttäuschung und Kollegen aus anderen privaten enteigneten Betrieben (Wie

Dr. Schimmer aus Bad Liebenstein) bemerkten, "Wenn du nicht die Fresse hältst, stecken die dich in den Knast - denke an deine Familie. Die haben nun mal die Macht!" Andere "Kleinkapitalisten" schlitzten sich die Armader fachgerecht auf und verbluteten, sprangen von Brücken auf Bahngleise oder nahmen sich einen Strick und hängten sich auf. Mein Vater soff sich zu Tode nach der Abwicklung seiner Bahnspedition. Das kam für Hans Hahn nicht in Frage! Hans Hahn wurde nachdem als Berater und Konstrukteur von interessanten Produktionsanlagen in der Salzinger Gegend aktiv, so wie der cleveren Selterwassertabletten-Anlage der Firma Huffmann in Salzinger, die sagenhafte Gewinne einfuhr, an denen Hans Hahn auf Grund der sozialistischen Gesetzlichkeit unanfechtbar auch als Rentner beteiligt war. Der Kick waren neue Gesetze und Regelungen hinsichtlich des DDR-Neurerwesens. Das funktionierte folgendermaßen. Jeder Bürger der DDR hatte das Recht Neurervorschläge für die Optimierung der Produktion und aller Betriebsabläufe einzureichen, die fürstlich fast steuerfrei vergütet wurden, wenn die Vorschläge einen geldwerten Nutzen hatten. Das galt nicht nur für den eigenen Betrieb, wenn man für fremde Fachbereiche fremder Betriebe "Verbesserungsvorschläge" machte, das galt auch für alle Betriebe egal wo in der DDR. Also, wer eine Lösung fand, Schweißdrähte, Schweißgas und Schweißzusätze einzusparen, brauchte nur seine Idee zum Beispiel das Punkt-schweißverfahren egal auch welchem Betrieb in der DDR zu empfehlen, wenn es dort noch nicht erfin-dungsmäßig und patentrechtlich in der Anwendung war. Danach regnete es monatelang, ja jahrelang DDR Mark! Hilde, seine Frau konnte ohne mit der Wimper zu zucken in Salzinge im Exqisitladen feinste Klamotten einkaufen. Nur wenige Ingenieure in der DDR kamen an aktuelle kapitalistische Fachliteratur ran. Hans Hahn nutzte diese Möglichkeiten sporadisch, er durfte ja als Rentner in den Westen reisen. Er war dadurch auf dem aktuellen Stand des "Weltniveaus". Er brauchte nur le-sen, denken, rekapitulieren und extrapolieren. Sozialis-tisch indoktrinierte Fachkader lasen damals keine inter-nationale kapitalistische Fachliteratur. Das war für die-se Leute Teufelswerk. Dr. Ing. Schimmer aus Bad Lie-benstein, der Hans Hahn bei der Agitatorenschulung in Meiningen warnte, war so ein Herzchen, für den dieses Teufelswerk fachliche Bibeln waren. Der las irgend-wann auch Mitte der 70er Jahre in einem westdeut-schem KFZ-Fachblatt, dass die Firma Volvo die Kon-struktion eines neuen Wagenhebers ausgeschrieben hatte. Dr. Schimmer konstruierte einen neuen PK-W-Volvo-Wagenheber, seine Konstruktion gewann und es regnete Lizenzgebühren in der Form von Westdevi-sen. Anfangs waren die Genossen in Suhl nicht nur leicht konsterniert, über die Frechheit, den Westfirmen ungefragt und unerlaubt Ratschläge zu erteilen, die dann auch noch überflüssigerweise mit Westgeld gelöhnt wurden. Sehr bald fanden sich tapfere SED Partizipanten, also Genossen in Suhl und Berlin, die auch was von diesem Devisen-Kuchen bekommen wollten und Dr. Schimmer wurde mit seinen VOLVO-Kram akzeptiert. So 1985 bekomme ich dieses komische marktwirschaftlich und nichtmarktwirtschaftliche Durcheinander der Ingenieure in Südthüringen mit. Ich arbeitete damals im Kombinat Wohnkultur als Schlosser, als Musterbauer, als Designer. Das ich Ingenieur war, habe ich denen Anfangs nicht auf die Nase gebunden. Die Neurervorschläge schon. Ähnlich wie Hans Hahn dachte ich auch "Ihr könnt mich mal!" 1988 machte ich mich selbständig und verdiente mit diesen neuen Erkenntnissen meine Brötchen. Zehn Jahre später, 1995 war Hans Hahn inzwischen einer meiner Kunden. Der Typ war so was von ausgebufft, das ich damals dachte, „wenn ich jemals so alt werde, wie der Hans Hahn, so ähnlich immer voll von Ideen, gesund und munter möchte ich auch mal sein. Und Hans Hahn war damals schon "uralt"! Hans Hahn wurde am 22.April 1908 in Dresden geboren. Am 22.04. 2008 war Hans Hahn 100 Jahre alt, hatte mehrere Deutsche Rekorde und Weltrekorde als Schwimmer intus. "Mit 100 Jahren stellte der leidenschaftliche Sportler bei den Arnstädter Masters noch einen Weltrekord auf. 100 Meter Rücken in knapp fünf

Minuten." Hans Hahn blieb in dem Seitental der Werra in Oberrohn aus einfachen nachvollziehbaren Gründen. Wegen seiner Frau, wegen seiner Kinder (....gut....wegen seiner Freundinnen auch...) wegen der Leute in und um Salzinge.

Eine seltsame Geschichte erlebte ich mit Hans Hahn, als ich mit Gunter Taubert aus Cliff SidePark in NewJersey/USA und Xue Yun Pai aus Peking ein Technologie-Export Unternehmen zu gründen versuchte: >>>>TTTCS<<<< TECHNOLOGIE TRANSFER TO CHINA SERVICE. Hans Hahn war mit unser erster Client, weil wir wussten, die New Yorker Polizei, die damals noch mit echten richtigen Pferdchen mit echten richtigen Hufeisen an den Pferdebeinen in New York herum hoppelten, flogen auf die Fresse, weil ihre bisherigen Eisen-Hufeisen zu glatt für die Straßen New Yorks waren - und es klapperte so laut..... Hans Hahn hatte weiche Überschuhe für Pferdefüßchen, ja Kunststoffhufeisen entwickelt. Das Geschäft klappte nicht....Mag sein, jemand aus Südkorea oder Japan war billiger.....oder wie ich heute denke, die Kavalleristen der New Yorker Polizei sind auf Jeeps umgestiegen und haben ihre Pferde zum Pferdemetzger geschickt. Sein Motto bis zuletzt: "Sag ja zu jedem Tag!"

Der TROLLI Rasenmähermann

Anfang der Achtziger Jahre zu tiefsten DDR Zeiten in Salzinge. Ein ehemaliger Artillerieoffizier, der aus gesundheitlichen Gründen aus der NVA, der Nationalen Volksarmee ausgeschieden war, schimpfte mir gegenüber in der Rathausstraße an einem Vormittag in aller Öffentlichkeit wie ein Rohrspatz über die Zustände des Sozialistischen Handels. "Die Offiziere", so sagte er, "haben oft von dem ganzen Sozialismusgeschwafel am Montag Morgen im Parteilehrjahr so was von die Schnauze voll, allein schon, weil aus organisatorischen Einzelhandelsgründen der Mangelwirtschaft DDR sie zum Wochenende kein Schnitzel mehr von ihren Frauen gebrutzelt bekommen, weil der letzte Bauarbeiterdödel von der 101 um 14.00 Uhr die letzten Schnitzel weg kauft und die Frau des Offiziers, die in der Stadtverwaltung ordnungsgemäß am Freitag bis 16.00 Uhr arbeitet, nicht mal mehr Knochen für eine Rindersuppe erhält, weil es einfach nach 16.00 Uhr keine Knochen mehr gibt. Aber alle halten am Montag Vormittag beim Parteilehrjahr die Fresse, wenn die Frage kommt "Hat noch jemand was zu sagen?" Es war zehn Minuten vor Neun Uhr, wir standen in einer Schlange in der Rathausstraße vor dem HO Laden "Waren des täglichem Bedarf" und warteten ungeduldig auf die Öffnung des Ladens. Wir hatten alle gehört, "Es gibt elektrische Trolli Rasenmäher satt!"Das war so 1982 und wurde bis 1989 immer schlimmer an Struktur und Variantenvielfalt der Versorgungsengpässe. Um 1987 krachte manchmal die Baumaterialienversorgung zusammen. Mitten im Winter gab es keine Kohlen mehr, wenn die Kohlen im Keller alle wurden. Dann waren es Kinder- oder Jugend-Klamotten, die fehlten. 1988 schloss in Salzinge das einzigste Fischgeschäft in der Friedrich-Eckardt-Straße, während im Freien Wort die "Fischversorgung" der Salzinger Bevölkerung auf 125 % Handelsübererfüllung hoch gejubelt wurde. In meiner Heimatstadt, gab es das einzigste Emmentaler Käsewerk der DDR. An der Käsetheke der HO und des Konsum gab es manchmal fünf Käsesorten und Quark. Emmentaler kam sehr selten vor. Dazu nahm die Menge der Reisekader im Kreis Salzingen, also, der Menschen, die in das nichtsozialistische Wirtschaftsgebiet aus beruflichen Gründen reisen sollten und durften massenhaft zu. Ich staunte jeden Monat neu, welcher "Genosse" aus den windigsten Gründen in den Westen reiste. Zurück kamen die "Genossen", das waren fast alle Betriebsleiter der mittleren Betriebe des Kreises Salzinger mal mit weniger und mal mit mehr gefüllten Taschen, je nach dem Ausstattungsgrad mit Devisen, also mit D-Mark. Die Taschen der Rückkehrer waren oft unnormal voll. Sehr voll, um die Defizite der Wünsche der jeweiligen Familien aus zu gleichen! Mit Werkzeugen, Emmentaler Käse, Klamotten, Südfrüchten, Kaffee, Schokolade, und, und und. Die Offiziere der 101 und die Nomenklaturkader der SED wurden fast nie Reisekader und mussten sich zur Sicherung der Versorgung der eigenen Familie andere Strukturen organisieren. Das war für sie nicht immer einfach. Manchmal schickte man seine Subalternen aber zum Einkaufen während der Arbeitszeit. Das traute man sich als führender vorbildlicher Genosse selber nicht am Vormittag, wenn es Lende in der HO gab, sich am Fleischstand anzustellen. Ich war in den Augen meiner Chefin des Berufsberatungszentrums Salzinge so eine "Subalterner", den man während der Arbeitszeit gefahrlos zum Einkaufen schicken konnte, weil ich oft am Abend zu Elternabenden in die Schulen der Rhön gefahren bin. Sie konnte dann sagen, wenn ihr jemand petzte, das ich zur Arbeitszeit in der Innenstadt zum Besorgungen herum schlappte. "Der Kollege hat Ausgleichzeit genommen, weil er am Abend Elternabend in der Rhoen hat"! Diesmal hatte Inge mich nicht zum Einkaufen geschickt, ich hatte am Vorabend Wind bekommen, das es nach vier Jahren endlich wieder in Salzinge Rasenmäher zu kaufen gibt. Ich hatte noch keinen Elektrischen Rasenmäher. Mein Schwager, Fritz hatte zwei. Einen Gebirgsrasenmäher mit Benzinmotor aus dem Westen von seinem Bruder aus Emden, der sogar den Hang beim Mähen selbständig hochfahren konnte. Den hatte er aber immer geschont, weil er noch einen elektrischen "Eigenbau 380 Volt Drehstrommotorrasenmäher" benutzte. Wegen diesem Rasenmäher lag er nun schon eine Woche im Krankenhaus mit Herzflimmern. Er war mit dem Starkstrom-Ungetüm beim Mähen unachtsam in die 380 Volt Leitung gefahren. Die Ladentüre, die heute "SPORT 2000 Schwarz" gehört, ging auf und eine halbe Stunde später sackte ich meinen TROLLI Rasenmäher zusammen mit 30 Meter Verlängerungsschnur in meinen Skoda und war zehn Minuten später zu Hause. Ich rannte in den Keller und steckte die Verlängerungsschnur in die Steckdose. Kurz danach schnurrte der TROLLI sauber und leise und ich fing erst einmal an, auf der Nordseite meines Hauses das Gras exakt auf drei Zentimeter Schnittlänge zu kürzen. Bisher hatte ich eine alte Sense von meinem Großvater benutzt, wonach die Wiesen um das Haus ein wenig seltsam aussahen. Zeitgleich, um Zehn Uhr sollte im großen Saal des Rates des Kreises Salzinge eine Konferenz zu den neuen wichtigen Aufgaben der "Öffentlichen Versorgungswirtschaft" beginnen, an dem ein wichtiger Abteilungsleiter des Rates des Kreises eine Einführungsrede halten sollte. Nachdem musste, wie jährlich oft geübt, die SED Wirtschaftssekretärin, Helga Kleinschnuller, verkünden, dass der Winter wahrscheinlich wieder kommt, "denn die da oben würden kontinuierlicher arbeiten als wir hier unten!" (Zitiert nach Landolf Scherzer: Der Erste)

Nur, der Redner, der die Einführungsrede halten sollte, fehlte, wodurch die Helga schnell umgeplant mit ihrer Winterrede los legte. HDF, Hans Dieter Fritschler, der Erste Parteisekretär des Kreises Salzinge folgte, denn der Einführungsredner war immer noch nicht erschienen. Inzwischen war ich total fasziniert elektrisch mähend an der Südseite des Gartens angekommen und schnippelte das frische Junigras ebenfalls auf die drei Zentimeter. Nach Elf Uhr war ich fertig und schleppte den nigelnagelneuen Rasenmäher zufrieden in den Keller. Oben in meiner Wohnung im Erdgeschoß höre ich Fussgetrappel und Türenschlagen der Klotür. Ich renne neugierig die Kellertreppe hoch und sehe "Genosse XX" aus meiner Haustüre rennen und mit großen Schritten die Kastanienallee runter neben der Kaltenborner Straße flitzen. Verdattert steht vor mir eine Freundin meiner Frau aus Halle Neustadt, die bei uns seit drei Tagen besuchsweise in Salzinge weilt, die mir verdattert verzählt, ich sollt meiner Frau ja nichts sagen, den gestern in der Bar im Hotel Freundschaft hätte sie einen Mann "Genosse XX" kennen gelernt, der bis eben bei ihr mal kurz zu "Besuch" war. Weil ich da vor dem Haus so lange Rasen gemäht hätte, hätte er sich nicht aus dem Haus getraut, weil er mich kennen würde, was ihm sehr peinlich ist. Weil ich so hoch zufrieden wegen dem neuen Rasenmäher bin, ist mir das momentan Wurscht. Mein Rasen ist elektrisch kurz gemacht - nur das zählt.

Monate später treffe ich einen langjährigen Bekannten aus Murr/Ludwigsburg/BRD in Plzen in der CSSR, bei einem Puhdys Konzert. Wir trinken heftig einige halbe Liter Pilsener Bier und nippen nicht wenig am Becherovka. Der Bekannte fragt mich aus, wie in meiner Heimatstadt so die Fremdgeherei der führenden Genossen funktioniert und würzt das mit eigenen Geschichten, die sein Bürgermeister in Murr so treibt. Der arme Kerl müsste extra dafür nach Stuttgart in den Puff fahren. Ich erzähle unter anderem die Geschichte mit dem Rasenmäher, worüber der Bekannte sich besonders freut. Jahre später bekomme ich mit, der Bekannte hatte einen gut dotierten Nebenjob beim BND. Die Geschichte mit dem Rasenmäher und dem "Genossen XX" stand ab diesem Zeitpunkt in den voluminösen Aktenschränken in Pullach. Pullach ist der Sitz des BND, des Bundesnachrichtendienstes! "Genosse XX", der aus der Haustüre gerannt war, war entweder der damalige zukünftige letzte SED Bürgermeister oder der zukünftige Vorsitzende des Rates des Kreises Salzinge. So genau habe ich es auch wieder nicht gesehen!

Bi´s Disein nach Salzinge kam

Glaube ein bischen mit mir und Julius. Julius Lips war ein deutscher Ethnologe und Soziologe, dessen Buch "Ursprung der Dinge - eine Kulturgeschichte de Menschen" mir Anfangs der 60er Jahre leitlinienhaft zu meiner beruflichen Entwicklung - zufällig in die Hände fiel. Auf meiner Toilette liegt das Buch heute noch, wo andere das Heft vom ADAC auf der Heizung liegen haben.....wo es oft nur um Treppenliftvarianten geht. Julius untersuchte ohne Vorbehalt ganz pragmatisch und mit ökonomischen und politischen Analysemethoden Dinge, Gegenstände, die Menschen täglich nutzen, um sich das Leben angenehmer zu gestalten. Vom Zahnstocherer, über Schwippfallen - um Rebhühner vom Galgen/von St. Pauli zum Abendbrot zu erwischen. Seltsamste Waffen kannte er, trotz seiner gegenteiligen Affinität dazu. Zwischen Aluminium-Topfvarianten und Nagelfeilenarten war ihm nichts zu fein, alles einer gründlichen Analyse zu unterziehen und stellte irgendwann mal fest, wenn die Fingernägel zu kurz wären, kann man sich selber nicht mehr gut in der Nase bohren um Schmodder-Extrate zu entfernen. Welchen Ast kann man aber nutzen, um sich ohne Verrenkungen den Rücken zu kratzen, wenn kein menschlicher Kratzer in der Nähe ist und mit was für Kraut kann man sich angenehm den Hintern abwischen, wenn kein Papier oder

Wasser in der Nähe ist? Julius Lips hatte Fragen mehr als genug! So kam ich um 1971 stückweise zu den Fragen und Antworten des industriellen Produktdesigns in der DDR und frequentierte offiziell und undercover die Bibliothek der Hochschule für Gestaltung Burg Giebichenstein in Halle. Dort und anderswo besorgte ich mir Fachwissen und lag dann mit Büchern, Plänen, Skizzenblöcken um 1985 von Juni bis September auf einem Liegestuhl oder einer Decke am Buchensee oft bei schönem Wetter. Mein Job war Produkte für den Westen möglichst bei schönem Wetter zu erspinnen. Bei Regen fiel mir nichts ein. Es gab das noch damals, das wochenlange schöne lauwarme Wetter mit einer richtigen Sonne und lauer Luft am Abend. Ich war angestellt im Kunstgewerbe Pappenheim, in der Betriebsstätte Barchfeld bei ehemals Metallwaren Reum und durfte das. Am Buchensee bei schönstem Sonnenschein arbeiten. Im Auge hatte ich aber immer Erbe und Pressenwerk. Nur mit diesen Betrieben hatte es nie geklappt, denen mein Design aufzuschwatzen. Ich fummelte mein Kram für IKEA zusammen und wusste das manchmal nicht mal, das es für IKEA ist. Viel angegeben mit diesem Privileg hab ich damals nur manchmal. Ich wollte mir das erhalten und wusste ja, wie hart normalerweise "Nine to Five Jobs" in der DDR waren, wo man nur am späten Feierabend oder am Samstag zum Baggersee fuhr. Ich musste manchmal viel herum kutschen und war nicht immer am Buchensee. In die Deutsche Bücherei in Leipzig, in Hochschulbibliotheken rund um die DDR. In die Staatsbibliothek nach Berlin. Trotzdem, so zwei Kilo Westfachzeitungen aller Sparten hatte ich oft mit mir herum schleppt und in der Wochenpost beim Lesen versteckt. Das Ministerium für Staatssicherheit hat meine Aktivitäten wohl geahnt, aber was wirklich dahinter steckte, haben die wohl selten begriffen. Ich arbeitete eine Ebene über ihnen bei ihren Auftraggebern, für das Wohl der SED-Reise- Nomenklaturkader, die auf Grund meiner Ideen in den Westen kutschen konnten. Ich produzierte dadurch Reisekader, denn oft konnte der Betriebsleiter eines kleinen Betriebes aus Thüringen dann nach Hannover zu Messe fahren, wenn sein Kram von einen Händler aus Westdeutschland gekauft wurde. Das System, das zu organisieren, war simpel. Der Stuttgarter Wohnzimmer-Lampen-Großhändler, Paul Breitschuh, klatscht schon leicht angeschwipst am vierten Messetag der Leipziger Herbstmesse 1986, fünfzehn Minuten vor Ausstellungsschluss seinem ostdeutschen Geschäftspartner aus Barchfeld eine Wandklapplampe aus Blech von IKEA für das Segment Junges Wohnen auf den Tisch und fragt: "Das Ding ist hier ist aus Italien, kannst du so was ähnliches, was anderes, was besseres, was cleveres für meine Geschäftspartner in Frankreich entwickeln?" Der Geschäftspartner nickt. Er steht mit seinem zwei Zentner

Lebendgewicht gefülltem Anzug auf und geht zehn Meter weiter. Da hocke ich derzeit damals und sehe mir gerade nette Modekataloge an. Der Hallenser legt mir die komische Klapplampe auf den Tisch und sagt "Dreihundert Westmark! Wenn dir was einfällt.....und halt wie immer die Klappe!" Am Buchensee fällt mir irgendwas mal dann ein. Dreihundert habe ich nie bekommen, nicht mal Zweihundert. Aber Neunzig Westmark und eine Chinesiche funkensprühende Schlagbohrmaschine aus einem Baumarkt aus Bayern. Wer hat schon so was an der Nappe um 1986. INTERSHOP in Salzinge denke ich, als ich für meine Kinder für zehn Westmark zehn Tafeln Schokolade kaufe. Bin doch absolut clever, denke ich. Cleverer war aber der Händler aus Westdeutschland, der mit dem Deal eventuell 10 000 Deutschmark Provision verdiente.

Salzinger Pilzgeheimnis

Die Idee war von Thea. Thea hatte keinen Garten, kein Grundstück und absolut keine Möglichkeiten zu Ernten, was sie mal angepflanzt hatte. Die DDR in den späten Siebzigern und Achtzigern hatte massive Versorgungsprobleme natürlich auch mit Gemüse und mit Obst. Heute, wo man sich im nächsten Supermarkt um die Ecke alle Obstsorten der Welt zu jeder Jahreszeit zu Gemüt führen kann, gibt es kaum solche verrückten Aktionen, von denen ich hier berichte: Thea saß eines frühen Frühlingssonntages auf der Bank am Schanzbaum und soff die sanfte Gegend der Kleinstadtwiesen und -felder in sich rein. Ihr Blick ging auf einige Hektar Wintergetreide, welches kniehoch um einige Hochspannungsmasten dem Sommer entgegen reifen sollte. Die Traktoren hatten um die Hochspannungsmasten unbearbeitete Inseln des Feldes übrig gelassen und Thea kam bei dieser Betrachtung auf die Idee, dieses Stückchen Feld in einen Bearbeitungszustand, der ihr nützen konnte zu versetzen. Sie wollte sich gesund ernähren und dazu gehört nun mal Gemüse und Obst. Möglichst viel und möglichst kostenminimierend. Wenige Tage darauf schnappte sich Thea einen Spaten, einen Rechen und einige Tüten Bohnen für wenige DDR Mark. Sie buddelte den Boden um, säte erst mal verschiedene Sorten Bohnen aus und verschwand wieder. In der folgenden

Zeit kamen Erbsen in ein vergessenes Stück Feld, welches vom Spaziergänger-Publikum wenig oder selten frequentiert wurde. Bis Ende Mai hatte Thea umfangreich Saatgut und Pflanzen in fremder Leute Erde auf Feldern, Waldrändern, Waldlichtungen und Ackerrainen rund um Salzinger gepflanzt, welche eine zwei Tonnen Ernte erahnen ließen. Fast wurde es eine Manie. Thea pflanzte Erdbeeren, Brombeerreisige, Radieschen, alle möglichen Kohlsorten, Salat, Feldsalat, Rapunzel. Von einem Gärtner erbettelte sie sich krumme unverkäufliche Pflaumenbäumchen, Kirschen- und Apfelbäumchen. Mit den Bäumchen zog sie zu Langenfelder und Kaltenborner Waldlichtungen. Die Ernte war dann so riesig, dass Thea davon abgeben konnte, ja musste. Thea wurde mit ihren Obst- und Gemüselieferungen an Freunde, Kollegen und Bekannte ganz schön beliebt. Zu dieser Zeit, als Thea pflanzte und erntete, hatte ich ein kleines Problem. Mein Problem war mein Appetit auf frische Pilze, welche es in der DDR und in Thüringen um Weihnachten herum damals kaum gab, wenn man Lust auf Pilze hatte. Von Verwandten aus dem Westen gab es mal ab und zu ein Büchschen Champignons übelster Qualität von Aldi. Im DDR-Handel waren frische Pilze fast ein Fremdwort. Was blieb einem da übrig - man musste selber in die Thüringer Wälder ausschwärmen, um diesen Gelüsten Tribut zu zollen. Nur halt kaum im Dezember, wo es nur für Kenner Lilastilige Rötelritterlinge zu finden gab. Ich wusste nicht, wo es die gab! Ich hörte nun von Theas Aktionen und gelangte zu der Idee, Theas Aktivitäten abzukupfern. Ich brauchte nur Pilze irgendwo hin zu säen und hätte das Problem gelöst dachte ich. Eventuell werde ich damit ein wenig wohlhabend. Mit Braunkappen oder Riesenträuschlingen fing ich im eigenen Garten an, die ich erst einmal in einem Mistbeet züchtete. Die Pilzbrut gab es für ein paar Mark bei Chrestensen in Erfurt. Die Ernte war sehr sehr mager. Anschließend wagte ich Versuche mit Austernseitlingen. Ich besorgte mir zwanzig Dekamon Sprengstoffsäcke aus Merkers und stopfte in die Säcke Stroh. Dann wurden die strohgestopften Säcke für vierzehn Tage unter Wasser gesetzt. Nachdem wurde das Wasser abgelassen und Löcher in die Kunststoffsäcke geschnitten und diese Löcher wurden mit Pilzbrut beimpft. Inzwischen war der Schornsteinfeger da, der mit rotem Gesicht bei mir in der Küche einschlug und stotterte, ich dürfte doch nicht Sprengstoff säckeweise hinter den beiden Heizöfen lagern. Ich tröstete ihn und erklärte was ich da mit den Merkerser Sprengstoffsäcken so anstellte. Nach zwei Monaten, im Oktober war die Pilzbrut, das Myzel durch das Stroh gewachsen und ich konnte die Kunststoffhaut entfernen und die Strohballen in eine schattige Ecke stellen. Kurz vor Weihnachten ging es los. Die Austernseitlinge wuchsen kiloweise aus dem Stroh. Jeden Tag konnte ich ernten und wir hatten erstmals bis Ende Januar Pilze, Pilze, bis wir das Zeug nicht mehr sehen, geschweige essen konnten. Den Rest nahm mir ein Kneiper in Oberhof für 200 Mark ab und ich sinnierte, wie ich die Pilzernte im nächsten Jahr erhöhen konnte. Theas Methode war hier die Lösung. Die Pilzbrut aus meinen Strohballen stopfte ich im kommenden Sommerausklang in riesengroße alte vergammelte Strohmieten, welche damals hunderteweise in Thüringen und der Rhön auf den Feldern der LPG's herum standen. Mit meinem Skoda schlich ich durch die Gegend oft mit einigen Kilo Pilzbrut im Kofferraum. Immer an der abgewandten Seite zur Straße der Strohmieten impfte ich sorgfältig und wenn eine kranke Buche in der Nähe stand, so bekam sie auch ein wenig Pilzbrut ab. Um Weihnachten herum musste ich krank feiern oder Urlaub nehmen, um mit der Pilzernte hinterher zu kommen. Es war der blanke Wahnsinn, was ich da mit meiner Pilzimpfmethode angerichtet hatte. Tagelang verstaute ich Austernseitlinge in den kleinen Kofferraum des Skoda und auf die Rücksitze. Mit meiner Ernte klapperte ich Kneipen und Restaurants in der Meininger, Suhler, Gothaer und Oberhofer Gegend ab. Ab und zu waren meine Strohmieten zwar geplündert, aber da ich so viele beimpft hatte, war dieser Schwund erträglich. Im darauf folgenden Jahr war die Ernte praktisch Null. Es klappte nicht mehr. Entweder das Wetter hat nicht mitgespielt, oder die Pilzbrut war krank. Meine "Pilz-Kunden" riefen oft an, nur ich konnte nicht mehr liefern. Meine illegale Pilzfarm war eingegangen. Zwei Jahre später habe ich es noch einmal versucht, es klappte nicht mehr. Lediglich im Rathenaupark auf Buchenbaumstümpfen wachsen heute noch manchmal ein paar Austernseitlinge im Spätherbst. Kaum jemand kennt diese Pilze und denkt, die wären giftig. Ich bin nicht mehr dort und überlasse die Ernte den Käfern und Ameisen. Wer mal nach Berlin kommt und sieht irgendwo in einem Park hinter dem Tempodrom zufällig Radieschen – bitte stehen lassen, es sind eventuell meine!

Bi die EDV nach Salzinge kam

Mitte 1990 hocke ich einen kompletten Monat lang als Gastkunsthandwerker und Designer in Osnabrück. Das dortige Kulturamt hatte mich eingeladen, im tiefsten Westen zu zeigen wie man DDR-Schmuck macht. Mitte Juni bekomme ich dort mit, das ja am 30. Juni Währungsunion ist. Also bin ich kurz mal nach Salzinge gefahren, um mein bissel Ostgeld in Westgeld umzutauschen. Ein Westauto hatte ich schon, einen grasgrünen VW-Jetta von einem Bergmannsrentner aus Phillippstal. Die Kohle dazu hatte ich mir im Januar bei einer Design - Ausstellung in Paris verdient. Bei der Commerzbank in Bad Hersfeld hatte ich desderwegen schon ein Westgeldkonto. In Salzinge bekomme ich dann mit, das man in der Stadtverwaltung einen neuen Hauptamtsleiter sucht, so jedenfalls meinte die Giselle, die inzwischen als stellvertretende Bürgermeisterin neben der Bürgermeisterin in der Stadtverwaltung saß. Voraussetzung wäre, man sollte Ahnung von EDV, Westtechnik und Westgeld haben, die Westverwaltungsorganisation könnte ich noch nach lernen. Irgendwas studiert haben, wäre auch nicht schlecht! Ich miemte Ahnung von EDV, denn ich hatte zu Hause einen eigenen Westcomputer, einen Atari. Naja, eigentlich hatte mein Sohn nur die Ahnung, ich wusste aber immerhin, wie das Ding, ein Atari eingeschaltet wurde und konnte damit Schiffe versenken und Pacman. Den grasgrünen Jetta hatte ich inzwischen in halb Europa herum gekutscht bis nach Viareggio in Italien und wusste somit wie Westauto funktioniert. Die Sache mit dem Westgeld beherrschte ich inzwischen bis zum ff, wie Westscheck ausfüllen und Kontokorrent, was mir eine nette Frau in Bad Hersfeld in einer halben Stunde beigebracht hatte. Also, habe ich mich in der Stadtverwaltung mit einer selbst auf einer Schreibmaschinen geschriebenen Bewerbung beworben und wurde nach drei Tagen schön eingestellt. Meine Mutter schnitt nach dem die Meldung aus dem Freien Wort, das ihr kluger Sohn Hauptamtsleiter geworden war. Ich konnte inzwischen auch aus der Osnabrücker Zeitung einen riesigen Artikel ausschneiden, in dem vermeldet wurde, dass ich leider wieder sofort nach Salzinge zurück fahre und die Osnabrücker Frauen sich nun zukünftig ihre Klunker wieder bei den Osnabrücker Goldschmieden kaufen müssen. Am Montag danach habe ich mir meinen schicken neuen grauen Nadelstreifen-Zweireiher WOLWORTH-Westanzug für fünfzig Mark angezogen, den ich aus Osnabrück mitgebracht hatte und habe ein schnuckliges Büro mit Vorzimmer im Rathaus bezogen. Meinen Vorgänger, der sowieso kurz vor der Rente stand, hatte man inzwischen nach Hause, nach Kaltenborn in den vorzeitigen Ruhestand geschickt. Meine drei Sekretärinnen, die ich auf einen Schlag hatte, erzählten mir von einem Heiden

Durcheinander, wie die neue Salzinger Stadtverwaltung organisiert werden soll. Eine Sekretärin meinte, es wird wie in Bad Neustadt gemacht, weil inzwischen aus Oberfranken rudelweise Berater bei der frisch gewählten CDU-Bürgermeisterin im Vorzimmer saßen. Die zweite Sekretärin und die erste SPD-Beigeordnete Gislelle war der Meinung, man macht es wie am Rhein in Boppard, von da waren inzwischen auch schon West-Berater eingeflogen. Die Rettung nahte mit der dritten Sekretärin mit ersten Kontakten zu der neuen Partnerstadt Bad Hersfeld in Person des Bürgermeisters Walter Weiß. Der hatte aber keine Zeit und schickte mich zu seinem Hauptamtsleiter, der mich erst einmal in den dortigen Ratskeller schleppte und mir auf einem leeren Stück DIN A4 Papier die neue Verwaltungsstruktur von Salzinge aufmalte. Nach zwei Warsteiner kannte ich den Unterschied zwischen Vermögens- und Verwaltungshaushalt und nach dem dritten Bier war mir klar, dass H-K-R, Haushalt - Kasse - Rechnungswesen zukünftig nur noch per EDV, also elektronischer Datenverarbeitung in Salzinge funktionieren wird, ja funktionieren muss! Nur, zur Bad Hersfelder EDV könnte er mir selber nicht viel sagen, weil die Bad Hersfelder EDV nicht in Bad Hersfeld, sondern in Gießen, in einem kommunalen Gebietsrechenzentrum per Zentralrechner organisiert wird. Das wäre aber heidenteuer und belastet die städtische Kasse ungemein. Deswegen empfiehlt er mir die EDV-Experten der Uni in Kassel. Drei Tage später falle ich mit meinem grünen Jetta in Kassel ein und bekomme gesagt, das die EDV mit großen Zentralrechnern wissenschaftlich gesehen fast zu Ende sind. "Die Zukunft sind PC-Netzwerke!" So was modernes hätte man aber selber nicht an der Uni, das kennt man auch nur aus der EDV-Theorie die man ja täglich den Studenten der EDV um die Ohren schlägt. Man empfiehlt mir einen Verwaltungsdirektor einer Verwaltungsgemeinschaft ganz im Norden, Herrn Kuhl in Nordholz. Der hat das wohl mit modernste kommunale PC Netzwerk Westdeutschlands! Drei Tage später sitze ich wieder im grünen Jetta und fahre in das grasgrüne Nordholz bei Cuxhafen. Der coole Herr Kuhl schleppt mich dort in die nächste Dorfkneipe zu mehreren Gläsern Jever. Auf einem Bierdeckel rechnet er mir aus, was sein Zentralrechnersystem von IBM zwei Jahre vorher, bei seinem altmodischem Vorgänger gekostet hatte und was das neue PC - Netzwerk jetzt kostet. Vorher kostete der Spaß Millionen, jetzt kostet die EDV nur noch einen Bruchteil dieser Summen im Jahr! Am anderen Tag, nach einem gewaltigem Kater spreche ich mit Kolleginnen und Kollegen der Verwaltung, die inzwischen ihre komplette Verwaltungsarbeit am PC organisieren. Egal ob Straßenanliegerbeiträge, Friedhof- und Grabverwaltung, Lohn- und Gehaltsabrechnung alles funktioniert per PC Netzwerk. Selbst die elektrischen Schreibmaschinen hat man in die Ecke gestellt. Es gibt PC-Netz-werk-Textverarbeitung und Laserdrucker. Nur, sie stöh-nen, den ganzen EDV Quatsch richtig zu lernen, hat sehr lange gedauert - fast ein Jahr! Als ich wieder zu Hause bin, erzählt mir die Bürgermeisterin ganz stolz, dass sie bei IBM einen schicken ZweiTonnen-Zentral-rechner bestellen will. Vier Typen im Nadelstreifen aus Bayern hätten ihr erzählt, das wäre das Neuste vom Neuen und Meiningen, Gotha und Eisenach hätten das alles schon. Dreißig elektrische Schreibmaschinen und zwanzig elektrische Rechenmaschinen hätte sie auch schon in Bad Neustadt bestellt. Ich zeige ihr einen Vo-gel und meinen Bierdeckel aus Nordholz und Frau Bür-germeisterin zeigt mir den Vogel und meint "Hebstreit, wenn du das machst, dann schmeiß ich dich raus! Se-kretärinnen abschaffen und die Amtsleiter sollen ihre Briefe gefälligst selber schreiben - das geht ja nun gar nicht!" Ich habe dann eine simple Verwaltungs-Vorlage gemacht, denn über eineinhalb Millionen Deutschmark Vermögenshaushalt Investitionen entscheidet nicht der Hauptamtsleiter und auch nicht die Frau Bürgermeiste-rin alleine, sondern es entscheiden nur die Abgeordne-ten der Stadt Salzinge. Die haben dann mehrstimmig meinen Projektplan abgewunken. Den Unterschied zwi-schen Zentralrechner und PC Netzwerk kannten sie nicht. Meine drei Sekretärinnen haben geheult wie die Schlosshunde, weil Stenographie und nur Schreibmaschine nun kaum mehr benötigt wird. Denen hab ich dann die Lohnabrechnung einer Tipse aus Bad Hersfeld und die Lohnabrechnung einer Verwaltungsfachangestellten auf den Tisch gelegt, mit dem Kommentar in einem Jahr Weiterbildung verdient ihr dreimal so viel wie nur mit Schreibmaschinen Texte tippen. Ein EDV Magazin schrieb dann mal folgendes über mich: "Hebstreit hat damit nicht weniger als das erste kommunale PC-Netzwerk in den neuen Bundesländern geschaffen. Und einen Krieg gegen sich selbst ausgelöst. Äußerlich heuchelt man Begeisterung: „Man kann sich doch nicht der neuen Zeit verschließen", heißt es. Intern sind alle gegen ihn. „Die EDV war für die Teufelszeug. Denen musste ich dann leider sagen, „Wenn die EDV funktioniert, muss die Hälfte von euch nach Hause gehen. Wenn ich diesen Kollegen in der Stadt begegnete, sind die auf die andere Straßenseite gegangen. Man mied mich wie die Pest"." Schließlich feuern sie ihn. Hebstreit nimmt es locker. „Am Lernprozess Spaß zu haben, sich die neuesten Entwicklungen zu eigen machen", das war ihm wichtiger." Das Feuern besorgte dann der neue Bürgermeister, der Herr Seitling aus Burchelfeld. In meiner mehrseitigen Kündigung wurde besonders meine Unfähigkeit im Bezug auf die EDV gewürdigt. "Des weiteren wird in ihrem Amt seit 6 Monaten an der Einführung des von ihnen selbst als notwendig angesehenen "Bürokommunikationssystem" auf DV Ebene ohne sichtbares Ergebnis gearbeitet. Sie haben hier völlig den notwendigen Zeitraum und Aufwand für die Einführung dieses Systems verkannt." Wenige Wochen später macht das PC Netzwerksystem Schlagzeilen in den neuen Bundesländern und Seitling bekommt oft Besuch von seinen Kollegen aus ganz Deutschland, die sein ausgebufftes PC Netzwerk mit eingebuddelten Glasfasern unter dem Straßenpflaster Salzingens bewundern. Meinen ersten Dienst-Laptop, den ich inzwischen wie meinen grünen Jetta beherrschte, wanderte bei meinem West-Nachfolger, einem alt gedienten Verwaltungsexperten einer Weinversuchsanstalt vom Rhein in den Schirmschrank in die hinterste Ecke. EDV war für ihn Hexenwerk, er konnte aber prima Diktiergerät und kannte sich mit allen wichtigen Weinsorten vorzüglich aus. Mit dem Auto schnell mal irgendwo hin düsen, um was nachzufragen, war bei ihm kaum möglich - er hatte eventuell fast jeden Tag Einskommfünf Promille intus - er war eben ein Weinexperte, der täglich schon zum Frühstück sein Schöppchen brauchte. Später, ganz später schrieb ein EDV-Magazin folgendes: "1993 macht Hebstreit sich als Produkt-und Grafikdesigner selbstständig. Seine Agentur nennt er „rhebs design". Das Hauptgeschäft ist Werbung. Durch den Verkauf und die Vermittlung sogenannter Stockfotos („to have in stock" – „auf Lager haben") wird das Internet zwangsläufig zum Arbeits-Werkzeug: Spezielle Motivanfragen werden damals noch aus zwei gescannten Diapositiven via Photoshop montiert. Hebstreit: „Jemand konnte das aber über das Compuserve-Netzwerk schneller und billiger. Es wurden da keine Negative mehr hin und her geschickt. Es waren jpg-Daten aus Kanada. Ohne dass ich es eigentlich merkte, war ich damit, als ich das selber praktizierte, im Internet gelandet." Und er verbreitet die Kunde, hält öffentliche Vorträge über die Möglichkeiten der neuen Technik. Viele halten ihn damals für einen Spinner. Hebstreit lässt sich nicht beirren."Auch wegen dieser alten Querelen hat es mich nach Berlin verschlagen auch an die Weiterbildungsabteilung der Freien Universität, wo vor mir Professoren hockten, denen ich praktische EDV-Flötentöne mit Internet-Netzwerk bei brachte. In einer Pause fragt mich ein Professor, wo ich denn in der DDR das Internet gelernt hatte. Meine Antwort war, das es ja erst so seit 1992/1993 Internet in Deutschland gibt - da war die DDR schon mausetot - "das er das nicht mit gelernt hat - dafür kann ich nix! Internet habe ich in Thüringen in Salzinge im Selbststudium gelernt, mit einem kleinem zirpenden Modem, mit dem ich mit der ganzen Welt verbunden war......" Die endgültige Pointe ist - an der Freien Universität in Berlin dudeln eventuell heute noch Zentralrechner. Vor zwanzig Jahren war man in Salzinge zwanzig Jahre weiter!

Die Schatzsucher von Hohleborn und die Kux

Werner sagt, "Die Idioten, die schmeißen die Kuxe weg! Denken das Zeug ist Altpapier!" "Was ist Kux?" frage ich Werner, der dann meint, das sind Anteilsscheine von einem Bergwerk, das wäre sowas wie Gold wert. Eine Tante und ein Onkel aus Salzinge hätten ganze Schuhkartons voll von dem Kram aus aller Welt. Kuxe von Salpeterminen in Chile, Kupferminen aus Argentinien und Kohlensäurekuxe einer Kohlensäuregewrkschaft aus Leimbach. Manchmal käme da etlich Geld im Briefumschlag in Dollars sonstwo aus der Welt. Ich staune da noch nicht über solche Geschichten! "Toll!", so was denke ich nicht gleich, ich denke da mehr, "der Werner spinnt wieder mal wie oft". Ich stell mir dann so was wie ein Rucksack vor und begreife nicht gleich, das das mit DDR - Gewerkschaft soviel wie nichts zu tun hat. In manchen Salzinger Schubläden und Kisten, Koffern und Kartons auf dem Dachboden fliegen noch die Kuxe rum, bekomme ich irgendwann mit. Es ist um 1974 und es gibt noch kein Internet. Ich kann es nicht gleich einorden ohne sowas wie eine Suchmaschine. Heute blickt man in 10 Minuten besser durch. (http://de.wikipedia.org/wiki/Kux) Rund Hundert Jahre vorher, ist Schatzsucherzeit in und um Salzinge. Harmlose Bauern aus Leimbach schwimmen auf einmal im Geld und kaufen sich Ochsen, Kühe, Pferde und verheiraten meistbietend ihre hübschen oder hässlichen Töchter. Man hat auf einmal viele Taler für große Aussteuer zur Verwendung. Die Gewerkschaft (...die mit Proletariergewerkschaft herzlich wenig zu tun hat, es geht um verbriefte Anteile von einem Werk von cleveren Kapitalisten) Die Gewerkschaft Bernhardshall zu Salzinge wühlt sich zu dieser Zeit mit komischen Holzgerüsten und Bohrgestängen im Wald von Hohleborn durch den Plattendolomit. Dafür gibt es Bohrgeld für die Bauern, denen die Grundstücke gehören und wenn was gefunden wird, ganz, ganz, ganz viel Geld. Naive Bauern verkaufen ihr Grundstück. Schlaue verpachten das Grundstück wo was gefunden wird, oder erwerben Kuxe! In Salzinge, Leimbach, Langenfeld, Hermannsroda, Hohleborn und Hohleborner Waldung, nahm man damals 6 Tiefbohrungen auf Kali vor. Wegen der Tiefbohrung "6" flog dann fast der Bohrturm bei Leimbach in die Luft. Ein Schatz wurde gefunden. "CO2 = Kohlendioxid in flüssiger Form! Statt Kali hatte man am 23.3.1895 eine tolle mächtige Kohlensäurequelle, angebohrt, was die Gewerkschaft BERNHARDSHALL zur Errichtung eines Kohlensäurewerks veranlasste. Alle, die hier Anteilsscheine besitzen, werden danach oder sind es schon "Wohlhabende Bürger!" 1946 ist aber der schöne Traum mit dem schönen Geld und den Schätzen aus der Tiefe der Thüringer Erde erst einmal ausgeträumt. Thüringen gehört nach dem Zweiten Weltkrieg zur sowjetischen Besatzungszone. Die dortigen Kaliwerke und alle weiteren Besitztümer unter Tage sind Kriegsbeute und werden in sowjetisch-deutsche Aktiengesellschaften auf dem Totalenteignungsweg überführt. Sie sind somit dem Zugriff ihrer bisherigen Besitzer total und endgültig entzogen. "Die unter schwierigen Bedingungen wieder aufgenommene Produktion wird nach sowjetischem Vorbild umorganisiert. Das neue politische und wirtschaftliche System ist für einen Teil der bisher leitenden Belegschaft und Besitzer der Thüringer Werke unakzeptierbar und Grund genug, sich in den Westen abzusetzen." Hauer aus Merkers hauen auch gleich mit ab nach Hessen, als man hörte Bergwerksfachleute werden noch 1946 ohne wenn und aber nach Sibirien entführt! Nur aber nicht ganz! Teile der investorischen Anteile der Kuxe sind mit hessischem, westdeutschen und internationalen Unternehmensanteilen verbunden und verwogen, was die sowjetische Militäradministration aus international vereinbarten Gründen nicht einfach weltweit mit enteignen kann. Beispiel:

Kux: Salzinge, 10.05.1938, 1 Kux (1/1.000), #871, 31,8 x 23,4 cm, grün, schwarz, Knickfalte quer, Einrisse alt hinterklebt, Stempel: "jetzt Kohlensäurewerk", das Besondere: Drei Stempel aus dem Jahren 1959, 1961 und 1962 über gezahlte Liquidationsraten in Höhe von 100, 30 und 13 DM!

Also es gab 1959, 1961 und 1962 noch Deutsche Mark, wenn man diese Wertpapiere noch im Besitz hatte. Wer Bescheid wusste, schickte die Kuxe nach Westdeutschland zur Verwandschaft und kassierte das schöne Westgeld.

Man durfte sich aber nicht damit erwischen lassen, denn das war in der DDR verbotener Handel mit Devisen. Wer sich auskannte, schickte aber der Verwandschaft, wenn man ihr trauen konnte, eine vom Notar beglaubigte Vollmacht. (Pech hatte man nur, wenn der Notar das alles wieder der Stasi verriet) "Die 1894 gegründete Kapitaleigner-Gewerkschaft war Besitzerin der im Bezirk des Herzoglich Sachsen-Meiningischen Bergamtes zu Saalfeld a. d. S. und zwar im Kreise Meiningen gelegenen Steinsalz- und Kalisalbergwerkes in den Feldmarken Salzinge, Leimbach, Langenfeld, Hermannsroda, Hohleborn und Hohleborner Waldungen. Anfang der 1930er Jahre erfolgte die Umfirmierung in Kohlensäurewerk zu Salzinge. 1950 wurde der Firmensitz nach Düsseldorf Reisholz und 1956 nach Neuss am Rhein verlegt. Danach erfolgte die Liquidation." Insofern animierte mich Werner nach diesen Schätzen, intensivst in Salzinger Schubläden zu suchen. Ich hab absolut nix gefunden. Die Pointe ist, die Schätze wurden gefunden von "Jungen Pionieren" die diese komischen Scheine zu SERO brachten, also der Altpapierverwertung der DDR! Aber ich hab danach erfreulicherweise den Schweizer Albert Briel aus Bad Liebenstein kennen gelernt, der mir sehr gerne nochmals verklickerte, was eine Cux ist, finanziell konnten ihm desderwegen in Bad Liebenstein auch die Genossen kreuzweis den Buckel runter rutschen (Cux/Crux heißt auch Kreuz!). An seine Kux, an sein ausländisches Geld kamen sie nicht ran. Alberts altes Hotel Olga hab ich ein klein wenig mit umgebaut: Das Ende dieser Geschichte sieht so aus: "Die REA GmbH Drebkau erhielt den Mitte 2013 den Auftrag für den 2. Bauabschnitt zum Abbruch des ehemaligen Kohlensäurewerkes in Leimbach. Der Auftrag beinhaltet die Entkernung, den Ausbau sämtlicher Schadstoffe, den Abbruch von baulichen Anlagen und Gebäuden, die Entsorgung aller anfallenden Stoffe sowie das Herrichten der Abbruchfläche. umbauter Raum: 11.000 m³ Auftraggeber: Gemeinde Leimbach"

Die Guste, die Glocken und ein Suffkopp in Salzinge

Der letzte Glöckner und Türmer von Salzinger war kein Glöckner, sondern eine Glöcknerin und schied nach dreiunddreißig Jahren Dienst in der Stadtkirche in Salzinger am ersten August Neunzehnhundertachtundzwanzig aus dem Dienst. Auguste Börner, die "Glockenguste" war eine kluge Frau, welche mit einigen schweren Problemen in ihrem Leben fertig werden musste und durch ihren Fleiß und Zähigkeit die Achtung und Herzen der Salzinger gewann. Mit Ihrem Mann, einem Bürstenmacher hatte sie fünf Kinder und nach wenigen Jahren glücklicher Ehe das Problem, dass ihr Mann das Salzinger Klosterbier, wie viele Salzinger Männer nicht so sehr vertrug. Nicht, weil das Bier nichts taugte, sondern weil es zu gut für ihn war und er Jahr für Jahr mehr davon trank. In dessen Ergebnis war irgendwann das Bürstenbinden nicht mehr so wichtig und als noch Unmengen von Schnaps aller Sorten dazu kamen und sein Gewerbe keine Bürsten sondern nur noch leere Flaschen produzierte. Auguste als resolute Frau, nahm nun die Versorgungsgeschicke der Familie in die eigene Hand und bekam von der Gemeinde und vom Magistrat auf Ihr dringendes Bitten, ihre Familie nicht in Stich zu lassen, den Posten als Türmerin und Glöcknerin übertragen. Guste zog um in das Turmstübchen vierzig Meter über den Marktplatz. Von nun an hatte sie nicht nur fünf Kinder und einen Suffkopp zu betreuen, sondern auch die vier Glocken der Stadtkirche, und von elf Uhr am späten Abend bis vier Uhr in der Früh ein Horn, auf dem sie alle volle Stunde ein Hornsignal nach Dienstanweisung schmetterte, denn Nachts wurde bei den Salzingern nur noch bei Feuer geläutet, seit 1786 die halbe Stadt abfackelte und einige Bürger damals dachten, das nächtliche Bimmeln hätte nichts ernsthaftes zu bedeuten. Um sechs Uhr früh läutete sie die Frühglocke, welche die Salzinger aufweckte und sauste dann anschließend wieselflink die vielen Stufen zum Ratskeller hinunter, wo sie Aushilfsdienste leistete. Gegen acht Uhr sauste Guste wieder die unzähligen Stufen hinauf um Ihre Kinder zu versorgen, welche in einem Zimmer des Kirchenhallenbodens schliefen. Das Tag ein Tag aus, Jahr ein Jahr aus mit wahnsinniger Regelmäßigkeit und absoluter Zuverlässigkeit. Kleine Irritationen gab es höchstens mal, wenn ihr Mann sie vertrat und sie nicht auf dem Turm war. Dann läutete es halt auch ab und zu eine viertel Stunde früher oder später und die Salzinger konnten wetten, das Guste irgendwo in der Stadt zugange war und nicht auf dem Turm. Wenn eine Predigt in dieser Zeit zu leise war, hörte man die heilige Hühner gackern und im Staub des Dachbodens scharren. Hasen gab es auch unter dem Dach, aber die wurden nie alt. Eines Abends irrte Ihr Mann volltrunken auf dem Boden herum, und brach im Kirchboden ein und zog sich eine schwere Fußverletzung zu, welches in ein dauerndes Leiden überging. Nun hatte sie auch noch mit der ständig wachsenden Behinderung ihres Mannes fertig zu werden und mußte ihn oftmals mit Hilfe anderer Bürger die Treppen rauf und wieder hinunter wuchten. Fegten Stürme um den Turm und Blitz und Donner die Salzinger Bürger hinter die Gardinen scheuchte, dann hatte Guste "höchste Alarmbereitschaft", welche darin bestand in alle Himmelsrichtungen die Augen offen zu halten, ob nicht in den Salzinger Bürgerhäusern ohne Blitzableiter irgendwo der Blitz einschlug, um danach das Haus in Schutt und Asche zu legen. Zündelte es doch, so gab Guste sofort das Feuersignal.

Eins ihrer Kinder rannte mit einem Zettel zum Brandmeister und ehe die Freiwillige Salzinger Feuerwehr am Brandort einrückte, hatte Guste schon die Leute aus dem brennenden Haus gescheucht und schüttete Wasser aus Ihrem praktischen Ledereimer in die beginnenden Brandherde. Inzwischen hatten ihre Kinder auf dem Turm die Regie übernommen, lagen in den Turmluken und spähten in alle Himmelsrichtungen. Ihre Aufgabe als Türmerin erledigte sie mit Resolutheit, Ausdauer und perfekter Disziplin. Glockenguste war stolz auf ihre Verantwortung, den das mit jedem kleinen verhinderten Feuerunglück ihr Ansehen bei den Bürgern wuchs und dadurch besonders Ihrer Familie vielfältige

Unterstützung erfuhr, war ihr bewußt. So konnte es schon mal vorkommen, dass sie zu einem Kriegsweihnachten, wo es kaum was ordentliches zu beißen gab, für sich und Ihre Kinder drei Gänsebraten am Hals hatte, welche sie auch wegputzen und den Turmfalken nur noch Krümel überließen. Während des ersten Weltkrieges erhielt sie den Befehl vom Rathaus den Sieg in Galizien einzuläuten. Zur selben Stunde, als Sie die Siegesglocken in Schwung brachte, traf auf der Salzinger Post die Nachricht vom Tode ihres Ältesten ein, der wenige Tage zuvor an der Ostfront gefallen war.Der Ortspfarrer überbrachte Guste wenige Stunden später die traurige Nachricht. Nach dem Kanonenfutter, welches Sie dem "Vaterland" zur Verfügung stellte, wollte danach der Kaiser auch noch Ihre Glocken als Kriegsopfer. Sie mußte mit anhören, wie nach vielen derben Schlägen des Glockenknackers Neunzehnhundertsiebzehn ihre größte Glocke zerbrach und brockenweise vom Turm geworfen wurde. Eine Glocke ließ man ihr - mit der sie von nun an Morgens und Mittags zu ihren Salzingern mit drei mal drei Schlägen sprach. Diese Glocke stammte aus dem Jahre 1791 und wurde von dem Glockengießer Christoph Peter aus Homberg in Hessen gegossen. Sie trägt die Inschrift "Mein Dasein war durch den großen Brand von 1786 zerstört, aber durch die Vorsorge des durchläuchtigsten Herzog Georgs zu Meiningen ist es 1791 wieder hergestellt wurden, daß ich den Einwohnern von Salzinge in Freud und Leid diene..." Das tat ebenfalls wie diese Glocke dreiunddreißig und ein halbes Jahr zuverlässig und präzise Auguste Börner, die letzte Glöcknerin und Türmerin Thüringens. 1942, vierzehn Jahre nach Gustes Ausscheiden im Zweiten Weltkrieg, hat man Christoph Peters "Stadtbrandglocke" abgenommen, um sie für Waffenteile für den Endsieg einschmelzen zu lassen. Auf dem Glockenfriedhof in Hamburg überdauerte sie bis 1945 unbeschadet den Kriegsereignissen. Eine kleine Spedition in Salzinger führte mit einer großen Spedition in Hamburg einige Telefongespräche und die Glocke landete innerhalb weniger Tagen wieder heil auf dem Salzinger Güterbahnhof und dann wieder auf den Turm. Mein Opa erzählte, für den Transport mit der Deutschen Reichsbahn wurde von ihm keine Rechnung gestellt, das hätten aber andere gemacht die auch mit Hamburg telefoniert hätten und nun mal nicht bahnamtlicher Bahnspediteur wären. Manche vermuteten, sein geldgieriger Bruder Otto hat aber trotzdem eine Rechnung an die Gemeinde geschickt. Irgendjemand sagte auch, die englische Armee hätte die Glocke wieder zurück gebracht. Andere, Ihling Ernst hat das organisiert.Es war aber eventuell ganz einfach. Auf der Kanzel wurde bei einer Predigt verkündigt, das die Christoph Peters Glocke in Hamburg wieder heil aufgetaucht war mit der schwammigen Bitte an alle Bürger, diese Glocke doch bitte, bitte wieder zurück zu holen. So wohl zehn Salzinger Bürger mit Telefon gingen danach den Hamburgern sowas von auf die Ketten, das man in Hamburg diese Glocke auf den nächsten Palettenwagen nach Salzinge verlud und jeder Salzinger, der sinnlos unkoordiniert herum telefonierte, dachte er hätte die Glocke gerettet!

Flachsland, Scheisseexport und Schützenkette

Zwischen Stadtmauer und Eisenach-Meiningen Bahngleis hinter der Hinteren Teichgasse, wo jetzt ein paar Schrebergärten und ein Parkplatz sind, da waren mal zu sehr alten Zeiten die Salzinger "Dungstätten"! Grund war, in der Ackerbürgerstadt und frisch gebackenen Badestadt, um 1850 hat es den angereisten Kurgästen zu sehr nach Kuhscheisse / Schweinescheisse / Pferdescheiße gestunken. Der Magistrat hat dann vor der Stadtmauer mehrere Dungstätten (Misthaufen), so rund drei mal drei Meter angelegt, die von Salzingern mit Innenstadtgroßvieh gekauft werden mussten. Dort sollte dann die ganze Viehkacke von den Knechten vor die Stadtmauer exportiert, dort hin gekarrt werden. So um 1900 hat sich das aber erledigt, weil die Flächen, die man in der Stadt als Stall benutzte, zu Pensionsflächen umgebaut wurden. Nämlich ein Kurgast lies sich dreimal so sehr und ergiebig melken, wie eine Kuh! Putzig war später, dass durch Erbteilung dann mancher Erbe rechnerisch nur einen Quadratmeter von einer Dungstätte erbte, wenn der Erblasser vergessen hatte, die Dungstätte in seiner Gesamtheit an einen Erben zu vererben. Kein Testament da!Ab Mitte 1991 verwalte ich organisatorisch als Hauptamtsleiter allen Grundbesitz der Stadt. Grundstücke sind Vermögenshaushalt und wird jährlich rechnerisch von der Kämmerei im

Haushaltsplan der Stadt Salzinge abgerechnet. Den Haushaltsplan im Hauptamt zu organisieren, ist mein Job. Ich stöbere schon längere Zeit aus lauter Neugier und Dienstbeflissenheit in den Grundbuchakten. Einigen Grundbesitz finde ich dann weit hinter Eisenach, wo ein neu gegründeter Thüringer Landesforstwirtschaftsbetrieb denkt, der viele viele Wald des Flachslandes mit vielen vielen Buchen wäre jetzt seine, da die Staatlichen Forstwirtschaftsbetriebe ja quasi aufgelöst waren. Staatswald war jetzt Bundesbesitz oder Landesbesitz. Im Thüringisches Staatsarchiv Gotha Akte 2-33-0397 und im Thüringisches Katasteramt Eisenach Nr. 424 im Fundbuch Flachsland werden meine Mitarbeiter fündig. Seit 1534 gehören um Kupfersuhl und Wackerhausen die Gehölze Flachsland und "Leythengrundt" nicht der Bundesrepublik Deutschland und auch nicht dem Land Thüringen, sondern wahrscheinlich hier verbrieft und besiegelt der Stadt Salzinge! Der Hebstreit spinnt wieder mal, erzählen meine Lieblingswidersacher aus allen Parteien, besonders aus meiner damaligen eigenen Partei, der SPD. Der Hebstreit kümmert sich um einen Scheisswald, der nur Geld kostet und nichts einbringt. Ich verstehe das ja heute, denn ich habe mit meinen Schatzsucherambitionen damals oft selber total abgehoben herum gesponnen. So auch mit der alten Schützenkette, wo mir mal der damalige Stadtkämmerer Lothar so ganz nebenbei erzählte, die

Schützenkette wär nicht in der DDR Zeit verschwunden. Die läge in feinstem DDR-Toilettenpapier eingewickelt, aber unpoliert im untersten hintersten Fach des Tresors der Stadtkämmerei. Man hatte die Kette der Salzinger Bürgerschützengesellschaft, die seit 1859 auf dem Haad ein Schützenfest organisierte, nicht wie oftmals befohlen den "Staatlichen Organen" ausgeliefert. Mitarbeiter der Stadtverwaltung, so auch Stadtkämmerer Mehler hatten die Kette perfekt versteckt. In keiner offiziellen Inventarliste tauchte die Kette damals auf! Die letzte Inventarliste von 1952 war versteckt. Den Mut, beim Freien Wort an zu rufen hatte ich dann sofort. Und da war sie wieder da die die berühmte komplette Schützenkette, der Salzinger Bürgerschützengesellschaft. Auch andere Funde machte ich, als mir mal ein alter Salzinger sagte, in einem Anbau des Rathauses gibt es einen zugemauerten Raum mit alten Kram aus dem alten Salzinge. Kurz danach war ich mit einer Axt und einem Vorschlaghammer vorort. Ich brauchte beides nicht, mit den Händen konnte man ein paar morsche Bretter weg reißen. Am anderen Tag, am 15.11.1991 stand im Freien Wort : "HISTORISCHER Fund. Einen historischen Fund machte Salzingers Hauptamtsleiter Hebstreit in einem Anbau des Rathauses. Er entdeckte dort hinter Brettern verborgen eine übermannsgroße Gedenktafel. Sie ist aus Holz und trägt in Metall geprägt 86 Namen von Lehrern und Schülern der Bad Salzinger Realschule, die im I.Weltkrieg gefallen waren. (Die Gedenktafel war an der Realschule angebracht und wurde 1945 versteckt). Wenn ich gekonnt hätte, ich hätte damals den kompletten Burgberg ausbuddeln lassen, um die Kasematten aus dem Mittelalter frei zu legen. So Kellergewölbe wie im Haunschen Hof gibt es sicher noch einige. Nur, das kostet halt viel Geld! Aber nun mal weiter mit den Dungstätten. Irgendwann, Ende 1991 steht in meinem Büro eine ältere Dame aus Hamburg mit zwei Anwälten in zwei feinen Nadelstreifenanzügen. Die Dame im schwarzen Kostüm und langen Wollschlabbermantel duftete herrlich nach einer feinen Parfümsorte. Ich hätte sie gerne gefragt, mit was sie sich denn eingedieselt hatte, nur ihr Anliegen war sehr ernst, sie forderte von der Stadt Salzinger rund ein halbes Dutzend Grundstücke, die verbrieft und vererbt alleine nur ihr gehören und sonst niemand! Ihre Anwälte hätten die Grundbuchauszüge aus einer Erbschaftssache von vor 1945 dabei, die das beurkunden. Die Papiere wurden mir dann demonstrativ auf den Tisch geknallt. Es war eine Grundsücksauflistung einer Erbteilung einer geteilten Erbengemeinschaft. Der Ahne hatte das sehr ordentlich gemacht. Soundsoviele Grundstücke aus Hamburg, Stettin und aus Salzinger wurden vererbt. Nach 1945 war das für Bundesbürger teilweise scheinbar wertlos. Stettin lag da in Polen und Salzinger in der Ostzone und dann in der DDR. Nur bei der Erbteilung wurden die Grundstücke aus Hamburg an die Schwester der Dame vererbt, die Grundstücke in Stettin und Salzinger hätte sie geerbt. Viele viele Hektar in Stettin konnte ich nicht verwalten, Stettin ging mich nichts an. Die Salzinger Grundstücke schon, alleine schon wegen der Grundsteuer. Ich habe die Dame dann in ein Hotel oder eine Pension geschickt, ich müsste das erst prüfen. Sie solle am anderen Tag wieder kommen. Die Prüfung aber ergab, dass die Dame lediglich ehemalige Scheißgrubenanteile, eben dieser Dungstättenreste geerbt hatte, die schon mehrere Grundbucheintragungen bedeuteten, die aber zusammengenommen nicht mal ein Ar ergab. Ja es waren Zentiar. Ich erklärte das der Dame "Sie haben fünfe Secha, net mehr!" 1 Ar ist zehn mal zehn Meter gleich 0,01 ha. Ein Zentiar ist ein Qudratmeter. Geerbt hatte sie halt nur rund 5 Secha, 1 Secha = 2,78 m2 gleich 13,9 Quadratmeter! Die Dame bekam einen roten Kopf und begann wild zu gestikulieren und sich lautstark zu äußern, ich wäre mit meinen komischen sächsischem "Scheiß-Secha" ein kommunistischer Wendehals und wolle sie nun mit ihren vielen, vielen Hektar kostbarsten Salzinger Grundbesitz bescheissen. Aber nicht mit ihr, ihre Hamburger Anwälte würden mich in der Luft zerrupfen und so weiter. Sie war dann nicht mehr ansprechbar und ich erklärte den Anwälten die Sache in aller Ruhe mit den Dungstätten. Sie hatten in ihren Erbschaftsunterlagen nur die Grundbuchnummern und nicht die Flächenangaben. Zufälligerweise waren die ererbten Flächen im Stadtgebiet von Salzinger nur ein komischer kleiner Rest, der seit 1848 nun mal Privateigentum war. Sie solle sich bitte mit den anderen Grundstücksnutzern (jetzt Schrebergärtnern) auseinandersetzen. Der Stadt Salzinger geht das sehr wenig an.......ich müsste aber mal nachrechnen lassen, wie viel Jahre für die Grundstücke keine Grundsteuer bezahlt wurden wäre. Da bekamen dann die Anwälte rote Ohren, da nach dem Streitwert für sie absolut auch nichts zu holen war. Schon der Sprit von Hamburg nach Salzinger und das bisherige Honorar der Anwälte stand in keinem Verhältnis zu den 13,9 Quadratmeter Grundbesitz im schönen Salzinge. Ich empfahl ihr Salzinge mal für eine Kur zu nutzen, oder auch Bad Liebenstein, wo man Herzanfälle prima kurieren kann.Das war´s dann. Sie verschwand mit den beiden Anwälten und ich habe niemals wieder was von ihr gehört. Nur, wenn ich mal an der Ecke Vordere- und Hintere Teichgasse stehe und über den Parkplatz und zu den Schrebergärten sehe, muss ich immer grinsen und an die feinen Scheißgruben denken, mit denen die alten ausgebufften Salzinger den Gestank aus der Stadt bekommen haben!

Die Rennfahrerschule

Um 1996 sitze ich in Suhl bei einer Informations-Veranstaltung des Bürgermeisters zu Thema "Entwicklung des Schulwesens in Suhl". Vorher war ich in einem Puff in Suhl, kontrollieren ob mein geplanter kotzresistenter FLOTEX Belag aus Frankreich richtig verlegt wurde. Das hatte perfekt geklappt! Ich bin damals Werbe- und Innenarchitektfuzzi.. Am Tisch mit mir sitzen drei Schuldirektorinnen aus Suhl und haben Tränen in den Augen. Wenige Minuten vorher hat man denen aus heiterem Himmel gesagt, die Stadtschule Nummer X, Stadtschule Nummer XX und Stadtschule Nummer XXX werden zu zwei Dritteln geschlossen. Nur welche Schule, ist noch nicht entschieden. Ich habe den drei Damen am Tisch dann gesagt, ich bin ein total ausgekochter Werbefuzzi und wenn sie mir den Auftrag geben, ihre Schule hoch zu puschen, garantiere ich, das die Schule nicht zu gemacht wird. "Das Geld zu dem ganzen Quatsch bringe ich auch noch mit, es kostet keinen Pfennig!" Eine zeigt mir einen Vogel, eine andere geht auf´s Klo und eine andere schaut mir direkt ungläubig in die Augen und sagt nichts. Irgendeine davon ruft dann am anderen Tag bei mir im Büro an und fragt nach, wie ich das wohl so gemeint hätte. Ich erkläre ihr das, weil ich damals für eine clevere Thüringer Designberatungsinstitution in Erfurt so was wie ein Guru bin, der jede nur mögliche

Firma oder Institution in Thüringen mit Design und Werbung bis zur Halskrause vollpumpt. Wegen den Hessen, die wie die Schmeißfliegen hier in Thüringen einfliegen und jeden, auch jeden Werbeauftrag rabiat kassieren wollen. Die ehemaligen Kollegen der DEWAG Werbung schlafen noch - ich schlafe nicht! Sie glaubt das nicht. Ich gebe ihr die Telefonnummern in Erfurt des zuständigem Ministeriums und meine Kunden-Referenzen "Dampflokreparaturkapazität in Meiningen gerettet, Deguma Schütz GmbH Gummimaschinen in Geisa, Hahn Skistöcke, Kunststoffhufeisen für New York und, und, und).... zum selber nachfragen. Sie ruft anderen Tags zurück und hat wohl gehört, der Hebstreit is wohl OK und am allerwichtigsten, das alles kostet wirklich keinen Pfennig erfährt sie. Das Geld ist geordert aus Brüssel und für Infrastrukturmaßnahmen in Thüringen. (Es gab aber auch fiese Kunden, die gesagt haben, du bekommst den Auftrag, wenn du mir die Hälfte von dem schönen Geld gibst) Sie gibt mir nun endlich den Auftrag und ich starte nach Suhl, zu Schule XX. Lege der die Vertragsunterlagen auf den Tisch, die die Direktorin auch fleißig nach unendlichen Beratungsminuten unterschreibt, weil man misstrauisch ist mit dem Kapitalismus. Es geht um rund 5000,00 Mark, die sie nie und nimmer bezahlen muss, nur halt das Geld ist dann halt dann meins. Wie ich das Problem löse, weis ich da selber da noch nicht. Aber es wurde gelöst, durch die

Rosi. Rosi, eine Freundin aus Suhl war Schulsekretärin in einer anderen Schule und hatte eine nette Kollegin, die Verwandschaftsbeziehungen zu einem Suhler KFZ Reparaturbetrieb hatte. Dieser KFZ Reparaturbetrieb gehörte inzwischen zur Nummer Eins der privaten handwerklichen Suhler Autoschrauber, bekam ich sehr schnell mit, denn, man hatte als ehemaliger BMW Vertragsbetrieb von vor 1945 wieder nach der Wende auf BMW gesetzt. Wie der Zufall so spielt, war ein Ahne dieses KFZ Betriebes, Paul Greifzu ein erfolgreicher Formel II Rennfahrer nach 1945. Ein Typ, der grundsätzlich nur mit durchgedrücktem Gashebel fuhr. 1951 lies er alle Fahrer aus Westdeutschland in den Auspuff blicken. Sie hatten alle verloren inklusive Stirling Moss (GB), gegen einen Bratwurschtfresser aus Thüringen, aus Suhl! Ich erkläre der Direktorin, dass sie eine neue Identität für ihre Schule braucht, einen neuen Namen. Eltern der Schule würden schon hinter diesem Namen stehen. Nur, sehr haben meine Argumente nicht geholfen. Sie hatte total andere Interessen. Tiere mochte sie und hätte am liebsten einen Schulzoo, mit Hühnchen, Ziegen und Häschen, die ihre lieben Schüler in der Pause streicheln können. Nur, zu Zoo und Schule fiel mir damals absolut nix ein. Ich war ein Erklärer und erkläre ihr das dann. "Wir machen aus der Schule erst einmal eine Schule mit vorweisbahren Suhler Traditionen. "Die Schule heißt in kürzester Zeit "Paul-Greifzu- Schule!"

sagte ich, dann besteht sie, dann bleiben sie Direktorin dieser Schule! Die Häschen können sie dann immer noch im Schulgarten über die Radieschen herum flitzen lassen. "Das ist ein ganz normaler fieser kapitalistischer Marketingkram, der aber zum Ergebnis hat, die anderen beiden Schulen machen zu! Endgültig! Die anderen Schulen haben gegen sie kaum noch Chancen. "Eine kommunale Schule mit dem Namen eines berühmten Suhler Rennfahrers macht in Suhl kein Abgeordneter dicht, eine Scheiß-Häschenschule schon"! Das hatte sie wohl dann akzeptiert!Und so geschah es. In Suhl gibt es seitdem die "Paul-Greifzu- Schule" und wenn man im Internet nachschaut, den Drall mit den Häschen haben die dort wohl immer noch! Lustig ist im Osten Deutschlands , in Stralsund gibt es ein Paul-Greifzu-Stadion.

Der Kalte Krieg ist seit vielen Jahren vorbei und in der Firmengeschichte von BMW gibt es nun auch einen Paul, einen Paul Greifzu aus Suhl in den offiziellen Akten . Man ehrt diesen Thüringer inzwischen, der den BMW 326 aus Eisenach kurz nach dem Zweiten Weltkrieg, wo ganz Deutschland in Trümmern lag, von 90 PS auf 140 PS aufgepumpt hatte und auf der AVUS zeigte, wie schnell Thüringer sein können, wenn es sehr schnell gehen muss!

Bumm

Ein paar Jungs aus Leimbach unter 16 Jahre haben um 1985 zwischen Weihnachten und Sylvester wenig Geld für die kostenintensive Silvesterknallerei. Von einem der Jungs ist der Vater Obersteiger in Merkers in der Kaligrube und hält beim Abendbrot ellenlange Referate über seine verantwortungsvolle wichtige Arbeit auch als Sprengmeister. Eine wichtige Arbeit wäre der Umgang mit DEKAMON Sprengstoffen im Kalibergbau. Wichtig wäre da, dass es auf die Initialzündung ankommt. So einfach anzünden mit dem Feuerzeug oder Streichholz geht nicht. Selbst im Ofen oder in der Heizung brennt das Zeug kaum. Der dreizehnjährige Sprössling spitzt bei diesen Gesprächen aber die Ohren. Der Papa hat die leeren Dekamonsäcke als PVC-Abfall mit nach Hause mit gebracht, um mit den Säcken leckere Austernseitlinge zu züchten und der Sohnimann soll die Säcke gefälligst dafür im Waschkeller schön sauber machen. Das macht er dann auch gerne, denn so fast jeder ausgekratzte Sack bringt um Einhundert Gramm Dekamon. Zehn Säcke ist ein Kilo und dreißig Säcke sind halt rund drei Kilo. Am 31.12.1985 kurz nach Mitternacht nehmen die Jungs einen alten Eimer, und deponieren darin die drei Kilo Dekamon. Die Eltern feiern in Salzinge im Klubhaus des Kaltwalzwerkes fröhlich Sylvester. Der Leimbacher Opa und die Leimbacher Oma sollen auf die Jungs auf passen. Das machen sie, in dem sie fein den Fernseher für diesen kulturellen Jahreswechsel intensivst bemühen. Die Küsschen und Glückwünsche der Sprößlinge zum Jahreswechsel haben sie kurz vorher erhalten. Auf dem Hof steht ein vier Wochen alter sandfarbener Lada PKW, der ganze Stolz des Obersteiger Papas. Fünf Meter neben dem Lada deponieren die Jungs in einer alten Sandkiste, die eigentlich zum Streuen des Gehweges vor dem Haus dient, den alten Eimer mit dem Dekamon. Alle Jungs haben zusammen gelegt und für EVP 8,80 Mark, 20 Power Cracker mit Erotikbeilage von einem 16 Jahre alten Bruder kaufen lassen. Das die Sandkiste eine höchstgefährliche Dämmfunktion erfüllt, die für jeden Sprengstoff hunterfache Wirkungen erzielen kann, ahnt momentan noch niemand. Einen Power Cracker steckt nun einer in das Dekamon Zeug und auch nur einer zündet den Cracker mit einer Wunderkerze an und rennt wie ein Wiesel um eine Ecke des Hauses vom Obersteiger zu den anderen Jungs. Dann geht es "BUMM!" und keiner der Jungs hat noch eine Mütze auf. Sie hören danach schlecht, weil die Trommelfelle sich wegen der Explosion sehr schnell, ja blitzartig verabschiedet haben. Vom Dach regnet es Dachziegeln, Eisenacher Falzkremper, die sie nicht treffen, den sie liegen alle zufälligerweise dicht an der Hausmauer durcheinander auf einem Haufen. Keine Fensterscheibe auf der Westseite im Haus ist noch als ein Objekt mit Glasflächen erkennbar. Ein paar Fenster der Häuser in der Nachbarschaft haben ein ähnliches Problem. Der Lada liegt plötzlich auf der Seite auf einem kürzlich im Herbst asphaltiertem Weg. Zwei zerfetzte Reifen drehen sich qualmend. Die Scheiben haben sich in Luft aufgelöst beziehungsweise liegen kleinzerstreut in Nachbars Garten. Am Silvestertag hatte der Dachdecker Knapper dann aus Salzinge die fehlenden Eisenacher Falzkremper ratz butz ersetzt. So zweitausend Falzkremper hatte er ja immer in Petto wegen der Thüringer Wirbelstürme und Wirbelgewitter. Keine Feuerwehr, keine Versicherung, keine Polizei bekam von diesem lautstarkem zugegebenermaßen nur materiellen Unglück was mit. Die Trommelfelle der Jungs waren nach rund vier Wochen wieder OK. Mit dem Lada dauerte es ein paar Wochen länger, bis der wieder über die Thüringer Straßen rollte. Der Obersteiger erzählte beim Abendbrot in Leimbach niemals mehr was über Dekamon und Zünder und Initialzündung. Er beschränkte sich auf die theoretische Erörterung der Züchtung von Austernseitlingen ohne die Verwendung von Dekamon. Der Papa von Heiko hat mir mal diese wahrhaftig durchgeknallte Ammoniumnitrat Geschichte aus Leimbach bei einigen guten Flaschen Radeberger Pils erzählt.Ammoniumnitrat ist das Salz, das sich aus Ammoniak und Salpetersäure bildet. Es wird insbesondere zur Herstellung von Düngemitteln und Sprengstoffen verwendet.

Bi die Ungarn nach Salzinge kam

1923 war es tausend Jahre her, als die Ungarn das erste mal in Salzinge „weilten". „Um 923 drangen die Ungarn in Thüringen ein und verheerten bei ihrem Feldzug auch die Siedlung Salzinge. Nach der Salzinger Überlieferung benötigte man zwei bis drei Jahrzehnte, um die Siedlung und die Saline wieder aufzubauen". Es sind von Salzinge aus ca. 1000 Km bis Ungarn, man braucht ungefähr 70 Liter Sprit für die 10 Stunden mit dem Auto bei einem Schnitt von Hundert Sachen. Irma, eine Budapesterin brauchte von Ungarn nach Salzinge ungefähr drei Jahre. Über Wien, Paris, Guernsey, Bremen lernte sie Robert aus Salzinge kennen und gelangte Mitte August 1944 mit dem Mittagszug aus Eisenach in Salzinge an. Sie war nicht avisiert und hatte viele Koffer dabei. Als geübte Reisende rief sie nach einen Träger, denn sie hatte von ihrem zukünftigem Mann gehört, in Salzinge gibt es nummerierte Dienstmänner, Dienstmann No.1, Dienstmann No.2 und Dienstmann No.3, die die Koffer der Reisenden egal wohin bringen. Mit Handwagen oder Schubkarre bis zur Zehnt bei größtem Sauwetter. Nur, es war Mittag um Eins und Mittags sitzen die Dienstmänner in der Scharfen Ecke beim Mittagsbier. Ein Bahnbeamter gab ihr den Hinweis „Bis zwee Uhr musste halt gewart oder diiie Kuffu selbu schlepp!" Irma sprach fließend ungarisch, französisch, englisch und einigermaßen deutsch. Mit dieser Sprach-kompetenz konnte sie mit dem Satz des Eisenbahners wenig anfangen. Da erinnerte sie sich an ihre Zeit als Austauschkind in Holland - und es wurde dann klar, ihre Koffer musste sie selber verorganisieren. Sie stapelte ihre Klamotten auf den kleinen Handdeichsel-Tafelwa-gen von Dienstmann No.1 und zerrte den Wagen bis über die Bahnschranke. Dann am Gradierwerk vorbei rumpelte die mit dem Wagen zum Eingangstor der Spe-dition Hebstreit. Den Weg kannte sie vom Erzählen ih-res Roberts. Das Tor war geschlossen und hinter dem Tor tobten mehrere Kläffer. Ein sehr schmutziger freundlicher Mann machte ihr auf, dessen Sprache sie selbst mit den seltensten flämischen Begriffen übersetzen konnte. Zumal der auch noch rückwärts sprach "Berdeubistbarumbisodeukomrin!" oder so ähnlich. Dann kam aber die gleichaltrige lustige Erika, die inzwi-schen jeden Brief der Irma kannte und die Irma wurde sehr herzlich empfangen. Schnell hatte sich herum ge-sprochen - in dem von vielen Leuten der Familie und ei-nigen Angestellten bevölkertem Haus, dem Robert sei-ne ungarische "Ziginerin", die Irma ist aus Bremen ein-getroffen. Dann wurden ganz pragmatisch die Koffer der "Ziginerin" inspiziert, wo so Feststellungen folgten, das selbst die feinen Damen von Jung & Dittmar nicht so feine Klamotten aus Paris und London hätten. Dazu war die Irma anders als die Salzinger Frauen angemalt.

Sie war sehr bunt im Gesicht mit Rouge an den Wangen und knallroten Lippen. Gerochen, ja geduftet hat sie auch anders. Zwei Meter gegen dem Wind nicht nach Hühnerkacke, wie Erika eben noch, die einen Hühnerstall ausmistete. Aber gegen Abend dufteten alle Frauen auf dem Hof nach Französischem Parfüm, als Irma sich von der Telefonnummer Fünfdreizehn nach Bremen zu Robert verbinden lies. Nach einer Stunde klappte die Verbindung. Sie meldete, das sie "nett" aufgenommen wurde, und fragte was Grummet sei - denn da sollte sie gleich am anderen Tag mit hin kommen. Nach Grummet. Grummet war kein Ort, sondern die Zweite Heumad auf den Hebstreitswiesen an der Werra. "Mer wern´s der Ziginerin schon zeich, das se mit arbeite muss - denn die Männer sind alle im Krieg ausser Otto, der sitzt nur im Büro und Kutscher Horst, der hasst die Landwirschaft und fährt lieber Bier aus in der Spedition." Am anderen Tag drückte man der wieder toll angemalten Irma einen Holzrechen in die Hand, um an der Werra das Heu wenden zu gehen. Nach einer Stunde in der Fünfdamenheuwendetruppe schmiss Irma den Rechen an einen Baum und rannte die fünfhundert Meter bis zum Stall und Hof der Spedition. Man machte sehr seltsame Gesichter als die Irma zurück kam....man dachte sie wäre schnell mal zur Toilette. Sie hatte gleich zwei Pferde an einem Schleuderheuwender angespannt und rief "Rendben van a szénája! Sein Heu ist in Ordnung - Die Schäfchen sind im trockenen!" Sie kam aus England, von der Insel Guernsey, wo alle Männer aus dem Bereich Landwirtschaft im Krieg oder der Verwaltung der Landesverteidigung in England waren. Seit Kriegsbeginn mussten dort in der Landwirtschaft alle Frauen alles machen und für so Faxen mit der Hand das Heu zu wenden, hatte man dort keine Zeit. Die vorhandene Technik wurde genutzt. Das kannte die Irma und die Verblüffung war perfekt "Der Otto stand hinter der Gardine, als die Irma die Pferde anspannte - der Horst stotterte, als er die Sensation berichtet bekam, "Die Ziginerin kann die Pfer anspann un gewend" Dann prägt er den Satz, den die Irma nicht mehr los wurde "Die Irma ist die beste von der Firma". Den Kontrast superschicke feine Dame und gleichzeitiges Arbeitsluder musste man erst mal verdauen. Als sie dann noch mit ihren ungarischen/österreichischen und französischen kulinarischen Erfahrungen aufwartete, war der Bann endgültig gebrochen und das Stigma Ungarin, Ausländerin, Ziginerin war erledigt. Eine neue und ganz andere Kultur kam in die weit verzweigte Famile, mit der man sogar angeben konnte, denn sehr schnell hatte die Irma weitere "Ausländer" in Salzinger aufgegabelt. Einen ungarisch/deutschen Musiker, den man beim Rußlandvormarsch ein Bein abgeschossen hatte, dem Doktor Deinhard seine ungarische Frau, die der Haut- und Geschlechtskrankheiten Arzt in Wien beim Studium aufgegabelt hatte. Ein kriegsversehrter Schuhmacher aus Hermanstadt besohlte dann all Schuhe der Verwandschaft bis Eisenach, Breitungen und Unkeroda. Die Lyzeum-gebildete Irma baute Stück für Stück eine ungarische Diaspora in Salzinge mit auf. Aber noch war Krieg und oft war es für sie als Ausländerin auch nicht einfach. Irma hatte aber Papiere vom Roten Kreuz, einen Ungarischen Pass - mit Reisegenehmigungen bis in die Schweiz, wegen dem Roten Kreuz. Sie war bei der Spedition als ausländische Arbeitskraft angemeldet und konnte sich freier als manch andere Ausländerinnen bewegen. Salzinge hatte damals viele freiwillige und unfreiwillige Fremdarbeiter in fast allen Betrieben inklusive der Landwirschaft. Eine hinterhältige NSDAP-Salzingerin pflaumte Irma noch kurz vor dem verhinderten "Endsieg" am 8.Mai 1945 voll, ob sie nicht den Deutschen Gruß könnte, wenn sie einen deutschen Laden betrete. Irma riss den Arm hoch und brüllte "Nyald ki a seggem". Im Juni 1945 wurde von der gleichen Frau der Vorwurf in der Öffentlichkeit erhoben, sie hätte laut ungarisch immer Heil Hiltler gerufen. Irma klärte diese hinterhältige Frau auf, was "Nyald ki a seggem" bedeutete. "Leck mich am Arsch!" 1963 verstirbt im Alter von 48 Jahren ihr Robert. Irma arbeitete wie er im Hartmetallwerk Immelborn. Er arbeitete als Ingenieur, sie schleift Hartmetallplättchen. Die tägliche Zugfahrt in das Hartmetallwerk Immelborn regt sie seelisch auf und fängt vermittelt von einem ungarischen Bekannten im Kurhaus Salzinger 1964 als Serviererin an. Der Weg ist nun kürzer zur Arbeit, kurz durch den Rathenaupark oder die Kastanienallee entlang. Es gibt auch ein wenig mehr Geld, aber ganz wichtig ist, sie kann das nicht gegessene Essen der Kurgäste mit nach Hause nehmen. Alle ihre Kollegen werfen nicht eine Scheibe Wurst oder ein Stück Butter in den Müll. Die magere Nachkriegszeit wirft immer noch lange Schatten in Salzinge. Ihr Schwiegervater packt nun fast jeden zweiten Tag ein/zwei Kilo von diesen Sachen in große Thermosbehälter und fährt sie mit dem SR1-Moped nach Waldfisch zu einer armen Zirkusfamilie. So hat sie sich als Witwe einigermaßen eingerichtet und führt ein an sich geruhsames Leben. Nur, die Arbeit wird immer schwerer, weil sich der Rücken meldet. Die vielen harten Jahre in der Kriegs- und Nachkriegslandwirschaft melden sich. Dann stirbt ihre Mutter in Ungarn. Es gibt Erbschaftsprobleme, die sie nicht richtig deuten kann. Ihre Mutter in Ungarn war aus gutem Hause, Geschäftsfrau und relativ wohlhabend. Ein Einfamilienhaus, ein Stadthaus und ein Traffikhaus ist in Szombathely vorhanden. In Budapest gar ein Mietshaus mit Gartenhäusern. Nur, dieser heute wahnsinnig kostbare Grundbesitz ist im sozialistischen Ungarn zu dieser Zeit lästig und sie verzichtet zu Gunsten ihrer Nichte in Ungarn auf die Erbschaft. Ein halbes Jahr später erhält sie einen Brief von der ungarischen Botschaft aus Berlin mit der Bitte doch die Erbschaftssteuer zu bezahlen, möglichst in Devisen, also in Westmark oder Dollar, Pfund gingen auch. Entnervt fährt sie total aufgelöst nach Berlin, wo sie aber ein netter Diplomat aufklärt, das diese Bitte nach den Devisen die habgierige Finanzverwaltung in Budapest wäre und das nun nicht funktioniert, weil die dort in Budapest Salzinge in Thüringen mit Bad Salzuflen in Westdeutschland verwechselt haben. Das Geld der Erbschaftssteuer muss nun die Nichte berappen. Der Diplomat ist Asthmatiker und fragt die Irma aus nach dem Kurort Salzinge nach Strich und Faden aus. Irma klärt ihn auf und wenige Wochen später ist er in Salzinge zur Kur. Wenige Monate später kommen ungarische Patienten nach Bad Sazungen und kurieren ihre oberen Atemwege. Danach kommen sogar Kinder in das Kurheim Charlottenhall. Weitere Verbindungen werden mit Ungarn zu Ungarn organisiert. 1969 wird ein Freundschaftsvertrag zwischen Salzinge und dem ungarischen Kurort Mezökövesd geschlossen. Irma muss nicht mehr so viel servieren. Sie ist jetzt medizinische Fachdolmetscherin und bekommt soviel Dolmetscherhonorar, dass sie öfter nach Mezökövesd zur Kur fahren kann. Als die ersten ungarischen Patienten in Salzinge im Kurhaus eintreffen, wird Irma vom Verwaltungsdirektor, den sie nicht leiden kann, gebeten ihm aufzuschreiben, was auf Ungarisch "Guten Tag!" "Herzlich willkommen!" heißt. Sie notiert ihn auf einen Zettel "Hülye vagyok!" ...Heißt guten Tag! und "Nyald ki a seggem!" ...Heißt "Herzlich willkommen!" Es war eine sehr lustige Begrüßung! Übersetzt heißt das "Ich bin Dumm! Leck mich am Arsch!" und ist inzwischen in der Partnerstadt Mezökövesd ein geflügeltes Sprichwort! (Aber auf Deutsch!)

Der Berufsberater

1975 im beginnenden kalten Winter in Halle-Neustadt wird unser Sohn krank. Pseudokrupp sagen die Ärzte und es wird der dringende Hinweis gegeben, dass wir aus der Gegend verschwinden und eine Gegend mit sauberer Luft aufsuchen sollen, um ihn konfliktlos wieder heilen zu können. Ich hatte in Thüringen, in Salzinger vom Großvater ein halbes Haus geerbt, dass dringendst renoviert werden musste, da lag es nahe, wieder in die Thüringer Berge zu ziehen. Jobs, dachten wir, meine Frau und ich gab es genug, also nix wie weg nach Thüringen, wieder nach Salzinger. Meine Frau und ich hatte aber erst einmal mit der Jobsuche Pech. Ein Arbeitsplatz in einem Kindergarten als Kindergärtnerin war nicht frei - aber in der Abteilung Berufsbildung - Berufsberatung des Rates des Kreises war eine Stelle vakant. Meine Frau war in der Partei, eine Voraussetzung für diese Stelle, - und so konnte sie diesen Job bekommen. Ich erhielt auf meine Bewerbungen in den für mich in Frage kommenden Betrieben Absagen über Absagen. Mein Problemchen war, ich war nicht in der Partei und die allgemeinen Lehrausbilderstellen, für die ich auch ausgebildet war, waren alle besetzt. Abteilungsleiter für Berufsausbildung suchte man in Dietlas, Merkers, Vacha, Geisa, Immelborn, Salzinge - nur ich hatte dafür nicht das entsprechende Parteibuch. Eigentlich hatte ich gar keins. Aber wie der Zufall so spielt, wurden massiv seit 1975 in der DDR die Berufsberatungszentren gegründet und meine Frau hatte davon Wind bekommen. Die Tätigkeit war eigentlich total neu für mich und ich fand diese nach einer kurzen Recherche über den Inhalt der Tätigkeit höchst neu und höchst interessant. Irgend wie fiel es dann nicht sehr auf, dass ich nicht "Genosse" war und so wurde auf ich auf meine Bewerbung hin sofort eingestellt. Schwupp, schon war ich wieder in meiner Heimat, in Salzinge, in der Kaltenborner Straße, die nun Géza-Eyermann-Straße benannt wurde. Mein Sohn sagte drei Jahre später, wenn er gefragt wurde, wo er wohnt "Ich wohne in der Papa-Eyermann-Straße!" Mit zwei belegten Semmeln, einer Thermoskanne Tee, einem kleinen Notizblock und einer gehörigen Portion Neugier laufe ich Anfang 1976 bergab zwei Kilometer zu meiner neuen Arbeitsstelle, einer alten Wehrmachtsbaracke in der Rosa-Luxemburg-Straße. Es empfangt mich um 8.00 Uhr mein kürzlich frisch gebackener Chef Dieter aus Leimbach, der vor zwei Wochen diese Stelle angetreten hat. Aus einer neuen Broschüre liest er mir vor, was ich in den nächsten Monaten zu tun hätte: "Alle Schüler sind entsprechend der Verordnung vom 15. April 1970 über die Berufsberatung (GBl. I Nr. 43 S. 311) langfristig und systematisch zu befähigen, ihre Berufsentscheidung in Übereinstimmung mit den gesellschaftlichen Erfordernissen und ihren persönlichen Interessen, Neigungen und Fähigkeiten verantwortungsbewusst und mit Sachkenntnis zu treffen.""(1) Zur langfristigen Berufsorientierung sind die Schüler und ihre Erziehungsberechtigten über die beruflichen Ausbildungsmöglichkeiten unter besonderer Berücksichtigung der ökonomischen Struktur des Kreises zu informieren.(2) Die Berufsberatungszentren haben die von den Schulen ermittelten Berufswünsche der Schüler zu analysieren und die Ergebnisse mit Betrieben und Schulen auszuwerten. Die Schüler sind bis zu ihrer Bewerbung um eine Lehrstelle durch differenzierte Maßnahmen bei der Berufswahl zu unterstützen. (3) Zur Vorbereitung auf ihre Berufsentscheidung sind die Schüler über die für die Schulabgänger des Kreises geplanten Lehrstellen zu informieren. Dazu sind den Schulen sowie den Berufsberatungszentren und -kabinetten Lehrstellenverzeichnisse zu übergeben." Dazu war einiges eigentlich ganz einfach organisiert. Die Anzahl der geplanten Lehrstellen im Kreis Salzinger deckte sich mit der Anzahl der Bewerbungen und jedem Schulabgänger wurde so eine Lehrstelle gesichert. Das war das praktische in der DDR Planwirtschaft, man konnte den Laden strukturieren wie die Struktur sich abbildete, abzeichnete. Da generell in vielen Betrieben Personalmangel herrschte, weil unrationell produziert wurde, wurden ein paar wenige Lehrstellen mehr geplant, um ein wenig Wettbewerb in das System zu bringen. Die

Überhangplanung erfolgte aber hauptsächlich in den Berufen, die aus welchen Gründen auch immer volkswirtschaftlich wichtiger waren. Das waren ohne Ausnahme Lehrstellen in der Salzinger Region in der Landwirtschaft und in produzierenden Bereichen der Industrie. Lediglich die Kapazitäten der Berufsschulen war hier eine einstweilige Grenze. Prinzip war aber generell dass die Lehrstellen entsprechend der volkswirtschaftlichen Struktur des jeweiligen Kreises geplant wurden. Waren zum Beispiel 40 % der Beschäftigten in der Industrie, wurden 40% der Schulabgänger für Lehrstellen in der Industrie geplant. Landwirtschaft 20% gleich 20% Lehrstellen Landwirtschaft. Der Rest, Dienstleistungen ebenfals 20/20. Innerhalb dieser Bereiche erfolgte eine differenzierte Aufgliederung nach Berufsgruppen. Die Zahlen und Prämissen dazu lieferte die staatliche Plankommision beim Rat des Kreises zusammen mit der Abteilung Berufsbildung und der Abteilung Volksbildung. Die Praxis für die Berufswünsche der Schüler und Eltern sah aber regelmäßig oft dramatisch anders aus, als wie geplant. Auf ca. 70 geplante Lehrstellen Fahrzeugschlosser (Kraftfahrzeugschlosser) im Kreis Salzinger wurden 400 Schüler in einer Jahrgangsstufe mit dem Berufswunsch Fahrzeugschlosser mit unserem Kerblochkartensystem erfasst. Von den 70 Fahrzeugschlosser Lehrstellen entfielen ca. 50 auf Volkseigene Betriebe, davon 30 auf Lehrstellen für künftige Berufsoffiziere und Berufsunteroffiziere der NVA. Die restlichen 20 Lehrstellen waren für Kinder der selbständigen Handwerksbetriebe und der Produktionsgenossenschaften (PGH) reserviert Auf 5 Lehrstellen Kerammaler und Dekorierer im Porzellanwerk Stadtlengsfeld (also so was ähnliches wie Porzellanmaler) wollten sich 1976 nun 70 Mädchen im Kreis stürzen. Auf 12 Friseurlehrstellen kamen 100 Mädels mit der Absicht die Friseurscheren zu wetzen. Bergmann, also Facharbeiter für Bergbautechnologie wollten nur so 8 Schüler werden , aber 70 Lehrstellen waren vakant. Als ich dann mit den 70 eingeladenen Mädchen im Porzellanwerk eine Betriebsbesichtigung organisierte, war das Problem gelöst, weil sie dort sahen, die Blümchen wurden dort nicht hoch künstlerisch mit der Hand gemalt, sondern per Abziehbildchen aufgeklebt. Das in drei Schichten. Kleben, Kleben, und mit dem Pinsel nichts weiter als tausende von Randkringeln jeden Tag malen! Wo man hinsah, gab es Diskrepanzen und es gab in diesen Zusammenhängen ein mehr oder weniger großes Durcheinander. Bis 1970 war das Feld der Berufsberatung, bei den Räten der Kreise bei der Abteilung Berufsbildung angesiedelt, wo je nach Pfiffigkeit der jeweiligen Behörde, mal mehr oder weniger planvoll Berufsberatung organisiert wurde. Im Kreis Salzinge stand damals sehr viel auf dem Papier, in der Realität herrschte aber wie in jeder geordneten Mangelwirtschaft Mangel. Ab 1970 wurde mit

der "Verordnung vom 15. April 1970 über die Berufsberatung" Schritt für Schritt System in den Berufsbera-
tungsprozess gebracht. Die Schritte der gesetzlichen
Realitäten nach Suhl dauerten satte fünf Jahre. Die "Au-
tonome Gebirgsrepublik" Suhl war in dieser Hinsicht
mit ihren derzeitigen Partei-König Albrecht ein Sorgen-
kind der Berliner Genossen. Im gewissen Sinne gab es
1976 aber die fast gleichen Probleme wie heute. Einer
bestimmten Anzahl von Lehrstellen stehen immer eine
größere Anzahl von Interessenten mit ganz eigenen Be-
rufsvorstellungen gegenüber. Es gibt mehr Deckel als
Töpfe. Aber von den heutigen Deckelüberhang will ich
nicht schreiben, da mich das nicht mehr tangiert. Nur
soviel, gegen die heutigen Probleme im Zusammenhang Lehrstellen-Lehrstellenbewerber war meine damalige Tätigkeit in der Berufsberatung um vieles leich-
ter, problemloser und sicher auch spannender. Als ich
15 Jahre vorher eine Lehrstelle fand, war meine Situati-
on die, dass ich von Seiten der Schule, der Gesellschaft,
also dem Staat keinerlei Berufsberatungsunterstützung
bekommen hatte. Doch halt, etwas gab es doch. Ab der
8. Klasse hatte ich Polytechnischen Unterricht, (UTP),
also Unterricht in der Produktion, wo man einen kleinen Einblick in die Realitäten des Berufsalltages bekam.
Ich hatte UTP im Pressenwerk Salzinge und konnte mir
dort ansehen, was ein Dreher, Schlosser, Gießer, Tischler, Lohnbuchhalter so den lieben langen Tag lang

macht. Das war sogar interessanter, als in der Theo-Alt-bauer-Schule in der Schulbank still zu sitzen und diese Einblicke haben mir gefallen. Mein Berufswunsch war aber damals Rundfunkreporter, weil der Bruder meiner Mutter, also mein Onkel Rundfunksprecher und Reporter bei Radio Budapest war. Der ist im ganzen Land herum gekutscht und hatte eine attraktive interessante Arbeit. Das fand ich toll, wie andere es toll fanden, Feuerwehrmann oder Lokomotivführer zu werden. Dann wusste ich noch, was ich nicht werden wollte. Ich wollte nicht Maler werden, das war mir körperlich zu anstrengend. Maurer wollte ich nicht werden, das war mir zu dreckig. Spediteur, wie mein Vater wollte ich auch nicht werden, das war mir körperlich noch schwerer als Maurer. In den Schacht, also in's Bergwerk wo es damals unzählige Lehrstellen gab, wollte ich schon gar nicht, weil viele Väter meiner Freunde Bergmann waren und wenig Angenehmes von dieser Tätigkeit berichteten. Dunkel, gefährlich manchmal ungesund wusste ich. Mein Vater wollte, dass ich Feinmechaniker bei einem Freund meines Vaters lernen sollte. Sehr begeistert war ich gerade nicht, Schreibmaschinen zu reparieren - Rundfunkmechaniker wäre da schon mal besser gewesen. Nur für eine Rundfunkmechanikerlehrstelle hatte mein Vater keine Beziehungen und ohne Beziehungen, eine genehme Lehrstelle finden, das ging eben nicht leicht. Auch damals schon. Mein

Berufsweg war eigentlich in diesem Sinne beziehungs-
mässig vorgezeichnet und so habe ich mir keine weiteren Gedanken Mitte der 8. Klasse gemacht. Rundfunkreporter war Spinnerei, merkte ich schnell. Dazu
brauchte man das Abitur und ich war ein Schüler der
nur Vieren und Fünfen im Zeugnis hatte. Noch nicht
einmal für die Neunte und Zehnte Klasse war ich geeig-
net. Es traten dann aber Ereignisse ein, welche meine
Berufswunschgedanken völlig neu mischten. Zum einen
gab es eine Katastrophe. Der Freund meines Vaters, der
Feinmechamikermeister starb plötzlich. Gleichzeitig
wurde bekannt, dass ich diesen Beruf nicht woanders
lernen konnte, da als Voraussetzung, der Abschluss der
10 Klasse vorausgesetzt wurde. Nun war guter Rat teu-
er. Mit meinem Zeugnis blieb lediglich nur noch das übrig, was ich nicht werden wollte. Maler, Maurer oder
Bergmann. Mein Vater schimpfte mit mir, dass ich mir
das mit meinen "Glanzeugnissen" selber eingebrockt
hätte und damit war die Diskussion erledigt. "Du wirst
Maurer, basta!" war seine Festlegung und ich hatte
mich entsprechend zu fügen. Inzwischen war mein Vater Chef der Abteilung Rundlaufende Werkzeuge im
Hartmetallwerk Immelborn und er hätte mir mit diesen
Beziehungen locker eine Lehrstelle in der Metallverar-
beitung besorgen können. Da aber Vater dachte, dass
er sich mit mir Plinse nur schämen müsste, hat er keinerlei Anstrengungen in dieser Richtung unternommen.

Er hatte diese Position auch erst seit einigen Monaten und er wollte diesen Job nicht mit einem Früchtchen, seinem dusseligen Sohn gefährden. 1960 am 1. September finde ich mich wieder als Dreherlehrling im VEB Pressenwerk Salzinger. Ich hatte großes Glück gehabt. Mit meinem absolut miesen Zeugnis der achten Klasse hätte ich normalerweise diese Lehrstelle nicht bekommen. Aber es war damals normalerweise keine normale Zeit. Die Grenze, besonders nach Westberlin war noch offen und es gab nicht wenige Salzinger Familien, die ohne Sack und Pack in den den englischen, amerikanischen oder französischen Sektor mit der S-Bahn fuhren und sich als Flüchtlinge bei den Berliner Behörden meldeten. Und so verduftete eben damals eine Salzinger Familie mit einem Sohn, der schon eine Lehrstelle als Dreher in der Tasche hatte ab nach Westberlin. Meine Eltern bekamen davon Wind und lieferten mich als Ersatzlehrling bei meinen zukünftigen skeptisch dreinblickenden Lehrmeister Lieber ab. Ohne es zu ahnen, war ich in einen Job gerutscht, der damals auf mich passte wie der Deckel auf einen Topf. Man musste gut gucken können. Ansonsten arbeitete man nicht körperlich sehr anstrengend wie in manchen anderen von mir missachtenden Lehrberufen als Bauarbeiter oder als Maler. Die Drehmaschine arbeitete und man musste nur flink neue Werkstücke in die Maschine einspannen. Das technische Verständnis hatte ich irgendwie und nur das

Stehen den lieben langen Tag an der Maschine fiel mir ein wenig schwer. Das waren meine ersten Erfahrungen mit dem Thema Berufswahl, die mich schon damals zu ersten Erkenntnissen brachten, das es furchtbar viele Tätigkeiten gibt, von denen man einfach nichts weis, ein falsches Bild von der Tätigkeit hat, es falsch sozial einordnete und wichtig war auch, dass sich die Bedingungen sehr schnell wechseln können. Es gab aber auch die Erkenntnis, dass sich im Laufe der eigenen Entwicklung Interessen, Neigungen und Voraussetzungen blitzschnell und auch langsam fließend ändern können. Ich war damals schon in den ersten Wochen als Berufsberater aus eigenem Erleben einer fünfzehnjährigen Berufsentwicklung der noch schwammigen Auffassung, dass der zuerst erlernte Beruf lediglich ein erster Start in die Berufswelt ist und die Passung der speziellen Tätigkeit auf die eigene Persönlichkeit innerhalb der Lebensziele ein langer, langer Entwicklungsprozess ist, den man selber teilweise bewusst beeinflussen kann. Obwohl, damals sah es noch einfach betrachtet statischer aus. Man lernte einen Beruf und übte diesen sein Leben lang aus. Ich packte erst einmal meine Semmeln zum Frühstück aus, nachdem ich meine eigene Position und obige Erfahrungen meinen Chef Dieter präsentiert hatte. Er dachte ähnlich wie ich und in der Frühstückspause redeten wir eigentlich das gleiche wie vor der Frühstückspause. Uns beiden war klar, dass wir auf

Grund unserer Berufs- und Lebenserfahrung schon ganz ausgebuffte Berufsberater sind - und das bissel noch notwendige Fachwissen mit Links und vierzig Fieber uns blitzschnell aneignen werden. Gegen Mittag frage ich meinen Chef Dieter "Was macht man nun mit dem Rest der 330 Interessenten für Fahrzeugschlosser?" Dieter, mit dem ich inzwischen schon auf "Du" war, beantwortete seine Frage selber "Denen müssen wir das alles ausreden, das ist unsere künftige Arbeit!" Ich entgegnete, "Wir müssen erst mal Wissen und Können sammeln, dann Fähigkeiten und Fertigkeiten ausbilden - und dann legen wir los! Wenn geht, nicht wir, sondern wir lassen andere für uns arbeiten und organisieren den ganzen Kram. Das hat man uns in Ludwigsfelde bei Berlin auf Weiterbildungsveranstaltungen für Berufsberater auch so vertickert und lagen mit den Sinnen und Trachten der Fachleute für Berufsbildung und Berufsberatung dakor. Ich hatte eine Ingenieurpädagogik Ausbildung gerade absolviert und war wissenschaftlich auf dem neusten Stand. Paar Tage später hatten wir auch eine Sekretärin, die Mado, deren Mann als ausgebuffter Wissenschaftler uns über seine kluge Frau mit klugen Tipps vor manchem Unheil bewahrte. Das waren erste Intrigen der "Genossen", die ihre Sprösslinge Kraft ihrer politisch fundierten Wassersuppe in entsprechende Universitäts-Bildungsstrukturen hieven wollten, die weit jenseits über der

Facharbeiterausbildung lagen. Man wollte praktisch un-
geeignete junge Menschen zum Studium der Medizin
verhelfen, damit das liebe Töchterchen eines Nomen-
klaturkaders Internistin wird. Dagegen hatte die Tochter eines Arztes aus Geisa, die einen Notendurchschnitt
von Eins Punkt Null hatte, Null Chancen, weil sie bis auf
die Knochen katholisch war. Gut, jeder Papa und jede
Mama haben das Recht und den Anspruch und auch die
Pflicht die eigenen Kindern zu den höchstmöglichen Bil-
dungsabschlüssen zu begleiten und zu befähigen. Egal
welcher politischen Couleur und welchem momenta-
nen sozialem Status. Für die Gesellschaft ist insgesamt
wichtig, das alles, aber auch alles an Potenzialen der
Jungen Leute aufgesaugt wird, wie ein Schwamm. Ich
hielt es aus einer zufällig anerzogenen Überzeugung
mit dem ollen Freiherrn von Stein, also dem Anspruch
"Es sollte auf Bildung und Leistung ankommen, nicht
mehr auf Herkunft und Stand." Die "Genossen" dachten
da aber oft ganz anders darüber. Die Führer der sogenannten "Arbeiterklasse", die 1945 im Spätherbst in
der Ostzone, der künftigen DDR die Macht übernommen hatte, war blitzschnell von ihrer Führungsstruktur
nicht mehr zur Arbeiterklasse, sondern zu einer Partei-
und Funktionärskaste mutiert. So Mitte der siebziger
Jahre hatte ein Arbeiter auch noch in der DDR satte fast
kostenlose Chancen einen Hochschulabschluss zu errei-
chen. Nur, die Menge und die Qualität der moralischen

Arschtritte zu diesem Weg lag auf Seiten der führenden Genossen, dem neuen führendem Bürgertum von Salzinger. Also, ein angelernter Gießer der Firma Erbe in Salzinger, war überhaupt froh, dass sein Sohn, der nix als "Stahl Salzinger" im Kopp hatte, was nix mit Stahl und Maschinenbau zu tun beinhaltete, die Schule damals konfliktlos absolvierte. "Stahl Salzinger" war ein Fußballverein. Der Parteisekretär des Betriebes, der auch einmal ein armer Arbeiter war, scheuchte seine Tochter mit moralischen Arschtritten zur Humboldt Universität, um Tierarzt zu werden. Was wie lief, wie die Bedingungen waren, musste ich mir erst einmal einen Überblick verschaffen. Über regionale Betriebe, Berufe, Bildungseinrichtungen. Fast jeden Tag spulte ich dann wochenlang mit meinem Skoda und meinem selbst bezahltem Benzin einen Betrieb nach dem anderen in der Region ab, um zu recherchieren, was von den Ausbildungsmöglichkeiten und berufsinhaltlich da so läuft. Es war es mir wert. Fahrtkosten bekam ich entsprechend der Reichsbahnkartenpreise bezahlt. Der Kick war aber die Fahrzeit. Also wenn ich nach Geisa in die Schule zu einem Elternabend musste, war ich laut Deutscher Reichsbahn gegen Null Uhr zu Hause. Mit dem Skoda aber schon um Neun! Ich bekämpfte mit mickrigen privaten Trixereien die Mickrigkeit sozialistischer Reisekostenabrechnungen. In den Betrieben und Schulen staunte man nicht schlecht, einen wahrhaftig lebenden Berufsberater kennen zu lernen, von dem man bisher nur in der Zeitung oder in Propaganda-schriften was gelesen hatte. Bei den Schuldirektoren und Lehrern kam ich mit der frohen Kunde, wie man leicht sein Lehrergehalt als "Berufsberatungslehrer" zu-sätzlich erhöhen kann. Diesen Job angelte sich dann auch manchmal der Parteisekretär (oft stellvertreten-der Direktor) der Schule, der damit auch seine Kontakt-stunden als Lehrer minimieren konnte. Damit bekam man mehr Geld, damit bekam man mehr Einfluss! In den Betrieben kam ich mir manchmal als Retter perso-neller Probleme vor. Was will man im Hartmetallwerk Immelborn? Was könnte prima sein an "F u. E" Leuten im Kabelwerk Vacha? "F u. E" benannte sich Forschung und Entwicklung, die man man im Kabelwerk Vacha als Diplomingenieure und Wissenschaftler dringendst be-nötigte. Keine Sau wollte aber in das saudämliche DDR-Grenzgebiet nach Vacha ziehen, wo kaum jemand von außerhalb rein kam. Nicht mal zur Verlobung! Trotz-dem, in Vacha gab es irgendwann pfiffige Schüler, die in Ilmenau, in Berlin, in Magdeburg studieren wollten und in ihre Heimat zurück wollten. Innerhalb kürzester Zeit kannte mich fast jeder Kaderleiter (Personalchef) und mancher Abteilungs- und Betriebsleiter. Die Meis-ter und Chefs der Handwerksbetriebe, des Handels, der Krankenhäuser und Pflegeeinrichtungen - fast alle kannten mich und ich kam mirdamit Anfangs schön wichtig vor. Dann ein totaler Crash in den ersten Organisationsstruktur - Monaten des Berufsberatungszentrums Salzinger. Dieter meint, er haut blitzschnell ab, als Ausbilder in das Hartmetallwerk Immelborn, wegen einer Sippenhaftungsgeschichte. Er will nicht zum Stellvertreter des Berufsberatungszentrumes degradiert werden. Sippenhaft" frage ich, "das gab es doch mal bei den Nazis, was hat das mit uns zu tun?" Dieter meint, die Kommunisten haben das Prinzip eben einfach mal so hop mit übernommen. Er erklärt mir diesen Vorgang. "Der erwachsene Sohn einer Abteilungsleiterin beim Rat des Kreises Salzinge hat im Suff in Merkers an einem Staatsfeiertag eine DDR Fahne von einem Straßenbeleuchtsmast abgebrochen und per Fußtritten in den Straßenrandmatsch versenkt. Er war vollkommen mit Nordhäuser Doppelkorn abgefüllt und wurde wegen dieser Fahnenschändung von der zufällig vorbei fahrenden Salzinger Verkehrspolizei verhaftet. Das Gerichtsverfahren gegen den Sohn konnte man mit Tricks abwenden, die Karriere von Inge nicht. Inge war ganz dumm dran! Inge wurde als Abteilungsleiterin beim Rat des Kreises innerhalb von wenigen Stunden abgesetzt, weil sie keinen gesunden Einfluss auf ihren Sohn ausgeübt hatte. Sie wurde nun als Chefin des neuen Berufsberatungszentrums eingesetzt und ihren bisherigen Abteilungsleiterposten bekam der Sohn eines Kommunisten Meiningen. Eigentlich ging es aber nur um ihren sehr gut dotierten Job, den man mit dieser Intrige halt jemand anders zuschanzen konnte. Fakt war, die Inge war ein Opfer der kommunistischen Sippenhaft und nun nur eine Treppe tiefer gefallen - sie war meine neue Chefin. Inge war in meinen Augen die erste Kommunistin, vor der ich einigermaßen Respekt hatte und Inge war clever. Sogar organisatorisch cleverer als der liebe Dieter. Dieter hatte entscheidungsmässig oft Angst den eigenen Kopf hin zu halten. Die Inge hatte nie Angst. Sie kam aus einfachen armen Verhältnissen und hatte nach dem Krieg die "ABF", die Arbeiter und Bauern Fakultät mit Bravour absolviert, und wurden nach zwei Jahren intensivstem Studium Unterstufenlehrerin. Wohl nur wenige Monate hatte sie diesen Beruf ausgeübt, dann landete sie in der kommunalen Kreisverwaltung von Salzinge. Inge war eine kluge Frau, die in wenigen Minuten wusste, wo es lang geht. Nach wenigen Stunden Gespräch über ihre sozialistische- und meine kapitalistische Vergangenheit in Salzinger brachte sie mein Geschwafel auf den Punkt. "Ihr wart bürgerliche! Ich habe euch beneidet und manchmal gehasst!" Ich habe dann gekontert, "sehe doch selber wie dein Verein, deine Partei mit dir umgegangen ist. Sind das euere Ideale, sind das eure Ziele von Integrität und Menschlichkeit? Ihr seid in dieser Hinsicht nicht viel besser als die Nazis!" Über viele Jahre diskutierten wir in den Pausen alle politischen Probleme dieser Zeit mit unterschiedlichem Ansatz Oft gab sie meinen Ansichten intern recht. Sie sah ja selber, das der Laden "Sozialismus" in den Betrieben auf Verschleiß gefahren wurde und die wirtschaftlichen Bedingungen immer katastrophaler wurden. Nach vier Wochen hatte sie sich beruhigt, weil sie mit bekommen hatte, ihr sozialer Abstieg wurde von der interessanten Arbeit und einer interessanteren Machtfülle ausgeglichen. Sie war blitzschnell zu einer Art "Lieber Gott" im Kreis Salzinger mutiert - denn Inge konnte nun jeden Job und jeden Bildungsweg organisieren. Davon hat sie dann ausgiebig Gebrauch gemacht. Im Interesse der Partei, im Interesse der Gesellschaft ohne den Interessen der Partei. Denen, die sie gefeuert haben, besorgte sie erst mal aus Daffke keine feinen Jobs, sondern manipulierte deren Söhnchen zur Armee als Berufsunteroffizier oder als Offizier. Den Zahn "Kraftfahrzeugschlosser" zu werden, wurde dem Genossensohn gründlich gezogen. Die Mädels wurden andersweitig verwaltet. Mein Ansatz, den Schülern zu helfen, war die Kenntnismachung der ungeheueren Variantenvielfalt der Berufe, die man eigentlich nur zu präsentieren brauchte, um eine Verteilung der Neigungen und Interessen effektiver zu ermöglichen. Manchmal war das sehr einfach, oft war es aber unlösbar, weil die Statik der Wünsche absolut nicht zu knacken waren. Praktisch gesehen hatte ich folgendes zu tun. Berufsberatungslehrer anzuleiten, Elternabende in den Schulen zum Thema Berufsberatung zu organisieren, individuelle Berufsberatungen im BBZ zu organisieren, Erarbeitung und Besorgung von Informationsmaterialien und Verwaltungstätigkeiten. Die finanziellen Mittel, das alles unter einen Hut zu bekommen, waren Anfangs voluminös. In kurzer Zeit hatte ich mehrere Kino- und Dia Projektoren, Tonbandgeräte, Overheadprojektoren, Leinwände, Verstärker Lautsprecher, Dia-Ton-Vorträge zu vielen Berufen und Bildungswegen, ganze Klassensätze mit Broschüren, Merkblättern, allgemeinen Informationsmaterial. Wer sich mal ansehen will, wie wir damals ausgerüstet waren, der geht heute in ein modern ausgestattetes BIZ, in ein Berufsinformationszentrum. Das war vor ca. vierzig Jahren! Nur die EDV mit Internet hatten wir damals noch nicht. Aber eine clevere mechanische analoge Datenverarbeitung. Wir kannten nämlich den Herman Hollerith!

Für die Speicherung personenbezogener Daten aller Schüler des Kreises ab der fünften Klasse benutzten wir eine Kerblochkartei mit Randlochverfahren. Die Karteikarten mit zweireihig gelochten Rändern hatten das Format DIN A 5 und wurden mit Hilfe einer Zange an bestimmten Stellen, denen jeweils eine Bedeutung zugeschrieben wurde, unterschiedlich tief gekerbt. Position und Tiefe der Kerben versahen die Karteikarten so gewissermaßen mit einem Code, der für persönliche Merkmale und Eigenschaften von Personen stand. Ein wichtiges Hilfsmittel für die Selektion der Kerblochkartei war eine Selektionsgabel oder eine simple Stricknadel, mit der die Kartei gezielt nach Personen mit bestimmten Eigenschaften durchsucht werden konnten. Das Verfahren gibt es seit rund 1890 und wurde um 1935 im damaligen Arbeitsamt Salzinge über IBM Berlin eingeführt. Was ich heute weiß, das Ministerium für Staatssicherheit arbeitete auch mit diesen Kerblochkarten - aber im Format DIN A4. Mancher mag jetzt die Nase rümpfen ...."wegen der Verletzung persönlicher intimer Daten". Nur wenn man herausbekommen wollte, welcher Schüler der Fünften Klasse im Kreis ist gesundheitlich beeinträchtigt durch Skoliose, also einer Wirbelsäulenverkrümmung, um besondere Hilfen und Unterstützung für diese Schüler zu organisieren, brauchte mit dem Hollerith Verfahren 10 Minuten. Meine Kollegen in Eisenach waren nach einer Woche noch nicht fertig, weil sie mühselig tausende normale Karteikarten durchsuchten, in manche Schule fahren oder telefonieren mussten. So konnte ich der Sekretärin nur sagen, "ziehe mir mal die Skoliosefälle mit der Nadel und lade die Eltern und die Kinder zu einem individuellen Gespräch ein". So bekamen die Eltern einen netten Brief mit ersten Hinweisen ("Ausgeschlossen sollten für ihre Tochter alle Berufe sein, die schweres Heben erforderlich machen, auch wenn es nur zeitweise ist z.B. in pflegenden Berufen. ") Man nahm uns sofort ernst und merkte, das wir keine Schwätzer waren. Wir wurden immer besser in unserer fachlichen Kompetenz, mit unseren Methoden. Ich war ja nach der Wende nicht mehr dabei und erfuhr von meinen ehemaligen Kollegen, dass man in Salzinge auf diesem Gebiet der Nachbarregion in Oberfanken oder Hessen zwanzig Jahre voraus war. Inwieweit man dann auf der Ebene der Tatsachen in den neu organisierten Arbeitsämtern weiter machte oder das Niveau senkte kann ich in Salzinge nicht beurteilen. Hier in Berlin erschrak ich, was ich vor zehn Jahren manchmal in diesem Fachbereich erlebte. Hilfskräfte, ehemalige Arbeitslose, die befristet für den Job Berufsberater eingestellt waren. Entlassene Porzellanarbeiter der Königlichen Preußischen Porzellanmanufaktur, die dreißig Jahre den Mischer vollautomatisiert per EDV mit Kaolin gefüllt hatten. Den Job machte nun für zehn Prozent seines ehemaligen Berliner Lohnes ein Kollege in Rumänien. Der Entlassene Porzellanarbeiter als frisch gebackener "Berufsberater" kannte nur die Berufe seines sozialen Umfeldes wie z.B. seinen Friseur. Mit Begriffen wie Skoliose und erster und zweiter Bildungsweg konnte der absolut nichts anfangen. Er war nicht mal in der Lage sich selber zu beraten. Sein Beratungsergebnis bewegte sich unter Null, weil er zu seinem Nichtwissen auch noch den Leuten fachfernen Unsinn aus RTL II erzählte. Aber auch damals im Berufsberatungszentrum hatten wir täglich komplexe Situationen, die nicht immer einfach zu regeln waren, wie zum Beispiel dieser Fall: Ein Apotheker aus dem Kreisgebiet hatte drei Töchter. Eine wurde gelenkt und gestriezt von der Familie auch Apothekerin zu werden. Das klappte auch. Über die erweiterte Oberschule (also Gymnasium) und Pharmaziestudium in Leipzig wurde sie auf diesen Weg gelenkt. Ob sie es auch wirklich so wollte, entzog sich meiner Kenntnis. Die übrigen zwei Apothekertöchter wollten und sollten mit hundertprozentiger Sicherheit keinen Arbeiterberuf anstreben, wie z.B. Maschinist für Wärmekraftwerke oder Rinderzüchterin in einer LPG. Eine schaffte es noch über Beziehungen zur EOS, zur erweiterten Oberschule und wollte und sollte Medizin studieren. In der elften Klasse wurde sie aber schwanger und wurde dann Bibliothekarin. Die dritte Apothekertochter schaffte es nicht bis zum Abitur. Sie saß vor mir kurz vor Ende der zehnten Klasse und erzählte von ihren "superschlauen Schwestern" denen sie nie gewachsen war. Doch sie wollte sie überholen und fragte mich, wie ich das für sie möglich machen könnte. Ihr Zeugnis der Neunten Klasse war mittelmäßig - Durchschnitt "Drei". In Chemie hatte sie aber zufälligerweise eine "Eins" stehen. Die Alkene, Alkane, Alkine, die Acetylenkohlenwasserstoffe hatten es ihr angetan, sagte sie. Sie hatte einfach zufälligerweise die Systematik der Kohlenwasserstoffe begriffen. Die Dinger kannte ich und rief meine ehemaligen Kollegen in der Betriebsschule in Buna an. Dort gab es eine Ausbildung zur Chemiefacharbeiter mit Abitur, die alles nahmen aus der DDR, welche auch nur ahnungsweise für Chemie Interesse hatten. Ob die parteilich, katholisch oder evangelisch waren, war denen total egal. Ein halbes Jahr später war Elfi in Buna. Berufsausbildung mit Abitur zum Chemiefacharbeiter mit Abitur. Danach absolvierte sie das Grundstudium Medizin bis zum Physikum an der Humboldt-Universität zu Berlin. Elfi wurde Tropenmedizinerin. Bei der ersten fachlichen Auslandsreise nach Äthiopien stieg sie in den nächsten Flieger zurück nach Westdeutschland mit einem Pass der Bundesrepublik und heiratete dort einen Zahnarzt. Nach dem zweiten Kind wurde sie in der Gegend um Frankfurt Hausfrau. Ihre Kinder, drei Jungen wurden alle Kohlenstoffchemiker für Alkene, Alkane, Alkine. Bis zum 30.06.1985 hielt ich durch als Berufsberater. Es waren rund zehn Jahre Erkenntnisgewinn über die Arbeitsteilung in einer zentralistischen industriellen Gesellschaft des zwanzigsten Jahrhunderts. Egal, wo ich auch hin kam, es grauste mich aber über die Bedingungen der Tätigkeiten in fast allen Berufen immer mehr. Das hatte mit den soziologischen und politisch gesellschaftlichen Veränderungen zu tun und mit neueren technischem wissenschaftlichen Entwicklungen addiert zu dem gleichzeitigen Verfall der mechanisierten Produktion. Egal in welchen Betrieb in Südwestthüringen ich damals meine Blicke lenkte, die Arbeit, die man dort wahrnehmen konnte, war oft mehrheitlich entillusioniert, monoton, langweilig, mies, ungesund, tröge, grausam, unterbezahlt, schockierend und stand krass im Gegensatz zu den Slogens der Propagandatafeln über den Werksportalen. Trotzdem, in manchen Abteilungen der maroden Betriebe ging es auch aufwärts mit CNC Werkzeugmaschinen, neuen Beschichtungsverfahren, voll automatisierter Produktion wie in der Uhrenfabrik Ruhla. Ab 1969 wurde durchgängig automatisiert gefertigt, ab 1973 wird die Uhr Kaliber 24 vollautomatisiert montiert. Tausende Uhren purzelten täglich aus den Automaten. Ein Beispiel für beispielhaften Zerfall war für mich die Klosterbrauerei Salzinge. Der ganze Betrieb rostete praktisch unter den Hintern der Brauer und Mälzer weg, die auch noch die komplette Versorgung mit Mineralwasser und Brause am Backen hatten. Es war dort praktisch wie im Mittelalter, nur da köchelte man das Bier wenigstens mit Holz oder Holzkohle. Die Klosterbrauerei heizte mit Braunkohlendreck, deren Staub und Abgase zum Glück nicht über Salzinge, sondern nur über Kloster Allendorf Barchfeld und Gumpelstadt verteilt wurden, weil der Wind fast nur aus dem Westen wehte. Alles war dreckig, verkeimt, vermost, vergammelt. Einige Bierfahrer fuhren besoffen durch die Gegend, die Verwaltungsleute hatten fast alle rote Nasen - es war einfach schrecklich! Drei Kilometer daneben war das Hartmetallwerk Immelborn. Sinterhartmetalle für Drehmeißel, Fräser, Bohrer wurden dort produziert. Man muss sich mal dazu eine Weihnachtsbäckerei vorstellen. Nur anstatt der Plätzchen mit Mehl und feinen Ingredienzien wurden Schneidplatten für Drehmeißel mit über tausend Grad gebacken. Die Finger, die das organisierten, wurden nie wieder sauber. Ruß, Dreck, Metalloxide drangen in jede Pore der Haut ein und gingen kaum raus wie tätowierte Spuren. "Mama deine Finger sind so schwarz" sagte, ja fragte ich. Mama machte die Arbeit Spaß. Vorher war sie Hausfrau und hockte den ganzen Tag alleine langweilig zuhause herum. Hartmetall pressen und schleifen war ihr Paradies. Zehn Kolleginnen hatte sie, mit denen sie den ganzen Tag schwatzen konnte, necken Spaß haben. Die Arbeit war dreckig. Gut, mühselig war sie nicht. Eine Friseurin verdiente damals vierundzwanzig Mark am Tag. Drei Mark die Stunde. Im Hartmetallwerk Immelborn hatte man das doppelte! Bei meinen Berufsberatungsgesprächen brauchte ich manchmal nur einen DIN A4 Zettel, auf denen ich diese Zahlen schrieb: 3x8=24 oder 6x8=48. Also fragte ich ein Mädchen was Friseuse werden wollte, "Willste am Tag vierundzwanzig Mark verdienen oder 48 Mark? Als Friseuse muss´t den ganzen Tag stehen und kannst mit Deinen Kunden schwatzen. Als Hartmetallerin sitzt du den ganzen Tag und schwatzt mit zehn

Kolleginnen! Wenn du ganz großes Glück hast, stehst du an einem Automaten und kannst acht Stunden quatschen, stricken, Zeitung lesen oder zu Fenster raus sehen. Geh mal hin und schau dir das an!" Zu dieser Zeit machte sich bei WIDIA Krupp in Westdeutschland auch niemand mehr so die Finger dreckig - dort war die Produktion voll verkapselt und voll automatisiert. Ich schaute mir das dann nicht mehr mit an, sondern beriet mich mal selber. Als ausgebuffter Berufsberater konnte ich das - und sage heute, wer sein Leben lang Berufsberater bleibt, ist kein guter Berufsberater! Der Mensch ist kein statisches Wesen!

Werners Braut

Werners Vater Daniel war aus Rumänien. Nähe Hermannstadt. Einmal im Jahr seit Ende der Sechziger fuhr Daniel nach Rumänien. Im Koffer hatte er alles was es um Hermannstadt nicht gab und in einen Koffer passt. Daniel war spezialisiert auf Dinge, welche klein sind, unauffällig sind und im Zuge ihrer Kleinheit und Unauffälligkeit gut geschmuggelt werden konnten. Daniel war Nähnadelspezialist. Im speziellen Maschinennähnadeln. Die packte er in große grüne Nagelschachteln. Daniel fuhr Montag Früh in Eisenach los unrasiert, in einem alten verschlissenen Zimmermannsanzug, und hatte dazu noch schöne dreckige Finger mit kohlrabenschwarzen Fingernägeln ungeputzte Schuhe und stank noch Meter gegen den Wind nach Knoblauch. In Erfurt klapperte er die Haushaltwarengeschäfte ab und kaufte alles, was an Nähmaschinennadeln da war, auf. Gegen Mittag war er fertig und fuhr weiter nach Leipzig. In der Innenstadt drehte Daniel seinen Nähnadel Runden. Gegen 15 Uhr saß er im Zug nach Dresden und hatte dort noch eine knappe Stunde Zeit für seine Nähnadeltour. Dann schlief er in einem Hotel in der Nähe des Bahnhofs und fuhr früh mit dem ersten Zug nach Prag. Nachdem er auch noch die Prager Geschäfte um viele viele Nähmaschinennadeln erleichtert hatte, tourte Daniel nach Bratislava und an einem weiteren Tag nach Budapest.

Die ungarischen Nähnadeln wollte er auch haben. Alle Zöllner, die mal seinen Koffer zum Filzen in die Finger bekamen, ließen den Koffer ungefilzt. Der stank erbärmlich nach Speiseresten, Schuhcreme, ranzigem Fett und sonstwas. Die Nagelkartons enthielten rostige Nägel und Nähmaschinennadeln. Das stand auch auf seiner Zollerklärung. "Nägel und Nadeln". Das er damit in drei Ländern in mehreren großen Städten folgedessen Nähnadelmangel verursacht hatte, störte Daniel weniger. Mit seiner Tour war für ein Jahr in halb Rumänien das Nähmaschinennadelproblem gelöst.nachdem Daniel mit seiner Sendung Nähnadeln in Hermannstadt eintraf, begann er mit dem Eintüten der Nähnadeln. Inzwischen war aus Westdeutschland ein kleines Packet mit zusammengefalteten Singernähmaschinennähnadelschachteln eingetroffen. Die ostdeutschen, tschechischen und ungarischen Nähnadeln wurden nun ohne viel Wundertaten in westdeutsche Nähnadeln verwandelt. So zwei Tage brauchte Daniel zum Verpacken seiner Ware. Nachdem rasierte er sich, zog einen bei der rumänischen Verwandtschaft deponierten schwarzen Anzug mit Weste und feinen Schuhen an und besuchte seine vielzähligen Nähmaschinennadelkunden. So nach einer Woche war Daniel herum in Rumänien. Alle, die wussten und wollten, hatten Nähnadeln und Daniel hatte einen großen Koffer voll rumänisches Geld. Sehr viel rumänisches Geld. Was hat Daniel mit dem ganzen

Geld gemacht? Daniel hat es verschenkt – er wollte als Krösus gelten. An seine rumänische Verwandtschaft und Bekanntschaften. Scheinweise, Bündelweise. Kartonweise. Daniels Sinnen und Trachten war, als reicher deutscher Verwandter in Rumänien angesehen zu werden. Den Trick mit den Nähnadeln kannten viele die ihn kannten nicht. Die kannten nur den Daniel und seine unerschöpfliche Freigiebigkeit. Wo er nur hinkam, wurden Schweine, Schafe und Rinder geschlachtet, floss Wein und Schnaps auf Festen in Strömen. Ein weiterer Kick war, dass ja Daniel aus Ostdeutschland kam und er einigen westdeutschen Verwandten, die mal in Rumänien zu Besuch waren, total die Show gestohlen hatte. Freilich brachten auch die Gaben und Geschenke mit. Gegen den Krösus Daniel konnte aber wenige mithalten. Er kaufte den Verwandten Land und Gebäude, soweit es möglich war. Westpakete mit Kaffee und sonstigen Lebensmitteln, von seinen beiden erwachsenen Kindern aus Westdeutschland, die Ende der Fünfziger aus der DDR getürmt waren, leitete er ebenfalls teilweise nach Rumänien um. Irgendwer in seiner zahlreichen rumänischen Verwandtschaft kam dann auf die Idee, seine Tochter nach Deutschland zu verheiraten und da Daniel einen unverheirateten Sohn hatte, lag es Nahe, dem Daniel entsprechende Vorschläge zu unterbreiten. Daniel war nicht abgeneigt und so trat er eines Tages den Rückweg nicht nur mit Siebenbürger Schinken und

Knackwurst im Gepäck an, sondern auch mit einer jungen Frau, die von der Fotografie seines Sohnes Werner sichtlich angetan oder zumindestens interessiert war. Der Werner staunte nicht schlecht, als sein Vater ihm die dralle Schönheit aus Rumänien eines Tages unvorbereitet vorstellte. Sie war einen halben Kopf größer als Werner und einen viertel Zentner schwerer. Werner war extrem zuckerkrank und konnte eigentlich mit einer Frau wenig anfangen. Kaffee trinken, Frühstücken und Erzählen, war alles was er ihr bieten konnte. Sie bekam das Null Komma Nichts mit und sah sich sofort nach anderen Thüringer Bettpartnern um, welche innerhalb weniger Tage eigentlich Schlange standen. Einer der Schlangensteher zerlegte mit seinen heftigen Bewegungen und den Bewegungen dieser Pfundsfrau das Besucherbett und Werner zeigte mir empört das zerstörte Bettgestell. Alle, außer ihm wären schon unter deren stramm sitzendem Rock gewesen und er als Bräutigam als einziger noch nicht. "Meine Braut," als diese hatte er sie quasi akzeptiert - "hat das Besucherbett zerrammelt!" beichtete mir Werner. Er fragte, was er nun tun solle. Ich wusste keinen Rat und Werner eröffnete, er würde dafür sorgen, dass die dicke Rumänin ohne Verlobungsring wieder nach Rumänien zurück fährt. Den Verlobungsring hatte Werner schon am ersten Tag des Zusammentreffens spendiert und ohne viel Federlesens wurde Verlobung gefeiert. "Lasse die Finger davon", gab ich dann doch den Rat als Freund. "In der Hochzeitsnacht erwürgt die Dich! Doch der Hochzeitstermin war schon organisiert und Werner war darauf und dran, sich in´s Unglück zu stürzen. Er saß täglich Abends mit ihr im Arm vor dem Fernseher, kusselte ein bissel herum und spielte schon mal Liebespaar. Aber dann hatte Werner rote Augen und die Augenbrauen juckten ihm wie verrückt. Er ging zum Augenarzt, der ihn sofort zu einem anderen Arzt überwies, weil Werner kleine Tierchen in den Augebrauen hatte, die dem Augenarzt nicht viel angingen. Filzläuse - Sackratten! Werner spurtete hoch geladen nach Hause und sammelte den Verlobungsring wieder ein. Er packte seiner rumänischen Braut den Koffer und schickte sie mit einem Behandlungswässerchen und Salben gegen die Filzläuse im Gepäck wieder nach Rumänien zurück. "Die Sau die, die Hure!" sagte Werner und erzählte mir mit Tränen in den Augen haarklein sein Drama mit seiner rumänischen Braut. Zustimmend nickte ich mit dem Kopf, lief dann nach Hause und schrieb mir vorsorglich den Namen des Filzlausmedikamentes "Permethrin" auf einen Zettel. Man konnte ja nie wissen........!

Dietze Hans und das böse Blümchen

Dietze Hans wohnte mit seiner Familie von 1948 bis 1957 oder 1961 in der Willi-Steitz-Straße neben dem ehemaligem Arbeitsamt in einem kleinem Barackenanwesen, welches Ende des Krieges wohl als Zwangs- und Fremdarbeiterlager für die Gießerei Erbe genutzt wurde. Seine "Auffälligkeiten" wurden ihn und seiner Familie zum Verhängnis, als man die Familie in einen LKW stopfte und nach Mecklenburg deportierte. Dietze Hans war ein Kleinstadtbauer, der es fertig brachte ohne eigenen Acker und Wiesen einen kompletten "Bauernhof" zu bewirtschaften. Das war für ihn eigentlich ganz einfach - man mußte halt nur drauf kommen. Und Dietze Hans kam drauf. Um seine vielzähligen Schweine, Hühner, Gänse, Schafe und Ziegen, welche auf seinem kleinen Grundstück bis auf die Hasen durcheinander irrten, satt zu bekommen, baute er sich eine riesige Brutanlage mit der er die Bauern der Region mit Geflügelkücken aller möglichen und unmöglichen Rassen versorgte. Die ausgebrüteten Kücken, oft rebhuhnfarbige Italiener tauschte er wieder gegen Futtermittel und bekam damit seine Viecher fett und rund. Dietze Hans war ebenfalls bei den Bauern um Salzinge ein oftmals in letzter Minute geholter Tierheilpraktiker und manches Pferd, welches schon in den letzten Zügen mit einer gewaltigen Kolik flach auf der Weide lag, wurde von ihm

mit einem Nadelstich in den Bauch vor dem Pferdemetzger Birnschein aus der Silge gerettet und seltsame
Salben halfen bei Verwundungen aller Art. Als die Aktionen begannen, die Bauern in die LPG´s zu pressen,
hatte man Dietze Hans Anfangs übersehen, weil er in
den Augen der "Genossen", welche für die Kollektivierung zuständig waren, kein richtiger Bauer war. Dabei
war die Familie Dietze in Bezug auch auf die landwirt-
schaftliche Produktion gesehen völlig autark - das heißt
die machten bis zum Pullover und hölzernen Suppen-
löffel alles selber. Aber sie sahen halt seltsam aus die
Dietzes, weil zum Beispiel die Mutter Dietze der Meinung war, an einer selbstgestrickten Strickjacke reichen
auch zwei große Mantelknöpfe. Die Kinder hatten
Schuhe an, welche 2 Nummern größer waren, als nor-
mal - dafür waren die Schuhe innen mit Schaffell ausge-
polstert. Ebenfalls aus Schaffell waren die Winterjacken
und wenn die Dietzes komplett als Rudel in der Stadt
auftauchten, sah es aus, als wenn eine beskidische Räu-
berbande in Salzingen zu Besuch war. Die Klamotten,
welche mit stabilem Sternchenzwirn an einer Schuster-
nähmaschine zusammen getackert wurden, waren
nachempfundenes Mittelalter-Design, welches heute
satte Preise bei den Hobbymittelalter-Menschen erzielt
hätte. Während noch in vielen Haushalten in Salzinger
in der Nachkriegszeit der fünfziger Jahre Schmalhans
Küchenmeister war, und die Schmalhänse aber mit or-

dentlichen Bügelfalten herumliefen, knabberten die Dietzes mit totaler Selbstverständlichkeit auch in der Woche mehrmals ihren Sonntagsbraten und aßen selbstgebackenes Brot mit vielen Wurstsorten, welche garantiert nicht vom Metzger waren. Die Schweine schlachtete und verarbeitete Hans komplett selber. Um der überproportionalen Ablieferung der Mastschweine zu entgehen, lebten Dietzes gefräßige Schweine im Schichtsystem im Keller einer alten Organisation Todt-Baracke, oder Wehrmachtsbaracke. Wenn die 2 Tagschichtschweine auf dem Hof herumliefen, verschwanden zwei Nachtschichtschweine im massiven Barackenkeller. Am anderen Tag war dann Schichtwechsel. Mit diesem Dietze Hans - Organisationsergebnis kam man dann prima bedarfsdeckend mit drei geschlachteten Schweinen über das Jahr und jeden Winter. Ein Schwein wurde bei der VDGB/BHG pünktlich abgeliefert. Es war am Liefertag das magerste Schwein der Dietzes aber das fetteste Schwein, was man in Salzinger am Stichtag dort anlieferte. Da die kostbareren Zucht-Hühner auch mal im Winter mit in der Küche auf einem Geländer neben dem Herd saßen, roch es nicht sehr angenehm bei Dietzes, zumal Knoblauch in großen Mengen ihr Hauptgewürz war. In der Schule saßen die Dietzes auch meisstens auf einer Etxra-Bank ganz hinten und "Du bist auch ein Dietze" wurde unter den Kindern der Theo-Altbauer-Schule zum Schimpfwort. Wenn zum

Schulfrühstück die Klassenkameraden ihre mageren Marmeladenbrote verzehrten, futterten aber ein Dietze bekleidet in fettigen Lederhosen, panierte knoblauchgewürzte Hähnchenschenkel oder fetten Schafskäse. Die dürren Suppen der Schulspeisung wurde von ihnen verschmäht. Dietzes Kinder schlapperten lieber bei der Mutter Rahm- oder Gulaschsüppchen. In der Schule mußte Dietze Hans antanzen, weil die Lehrer den Dietze-Kindern riesige französische Klapptaschenmesser weg genommen hatten. Dabei hatte damals jeder Junge ein Taschenmesser einstecken - aber es gehörte sich nun mal nicht, dass es Taschenmesser gibt, welche doppelt so groß und doppelt so scharf und feststellbar waren. Ihre andere Lebensweise und andere Erscheinungsweise wurde langsam in Salzinger zum Eklat und als eines Tages ein kleiner Dietze aus dem Barackenfenster auf den Hof fiel, biss ihn ein frei herumlaufendes gefräßiges Dietze-Schwein ein Stück Ohr ab. Nun hatte man endlich einen Vorwand, um die Dietzes wegen "asozialem Verhalten" aus der Stadt zu entfernen. Rechtsgrundlage war der Paragraph 10 des DDR-Verteidigungsgesetzes" der Genossen" - Man hatte für sie das weite Mecklenburg ausgesucht, welches immer auf den Staatsgütern neue Arbeitskräfte benötigte, ohne die kleinkapitalistischen Allüren Küken tausendfach auszubrüten. Da deportierte man die Familie Dietze wohl um den 3.Oktober 1961 und hatte in Salzinger ein Problem weniger, wie man meinte. "Zur eigenen Sicherheit haben sie einen Wohnungswechsel vorzunehmen" lasen Volkspolizisten in ähnlichen Fällen bei der Aktion "Operation Blümchen" vom Blatt vor, wo man rund 3000 Bürger DDRweit aus ihren Häusern und Wohnungen zwangsweise und ungefragt umsiedelte. In Thüringen waren um 1700 Menschen betroffen. Hunderte Salzinger Bürger mit Hühnerstall waren nun betroffen, dass der Kükennachschub zukünftig rabiat unterbrochen war und manche Gattin eines Genossen bekam ein -zwei Jahre später zum Feierabend in der HO oder im Konsum keine Eier mehr zum Frühstück. Der Genosse konnte dann nur noch agitieren: "Verantwortungsbewusstes Handeln und Verständnis für diese Maßnahme ist der beste Ausdruck für eine patriotische Gesinnung!" Freunde vom Dietze Hans haben dann die Brutanlage demontiert und stückchenweise nach Mecklenburg geschickt, wo man ebenso dringend neue Kücken benötigte. Dort, auf einem abgelegenen Gehöft bei Löwenberg ließ man sie in Ruhe nach ihrer Fasson leben. Es war die letzte Deportation von Bad Salzinger Bürgern in der neueren Geschichte. Die vorletzte Deportation "passierte" am 20. August 1944 mit dem Salzinger Hans Joachim Ehrlich. Davor war man bei der Salzinger SA, der Salzinger NSDAP und der Salzinger Polizei auch nicht untätig jüdische Bürger auf Nimmerwiedersehen verschwinden zu lassen, die als Ungeziefer prädikatisiert wurden. Wie

am 10. Mai 1942 in Salzinger, als man die jüdischen Sal-
zinger Bürger in das Ghetto Belzyce bei Lublin depor-
tierte: Berta, Emil und Jette Eisemann, Klara und Willi
Frank, Julie und Sophie Köppl, Bella, Benno und Inge
Weinmann, Moses Eisemann, Berta Brauner, Julius und
Selma Lang, Vera Eisemann; nach Riga: Nanny Pomranz
und Klara Nußbaum; am 20. September 1942 in das
Ghetto Theresienstadt: Ida Hofmann, Lina Löb, Bern-
hold, Minna und Thea Ehrlich, Ella Jelenkiewicz, Erich
Korytowski; am 31. Juli 1943 nach Auschwitz: Hulda
Brauner; in ein unbekanntes Lager Bella Ludwig. Das
Grundstück von Dietze Hans kaufte ein Salzinger Zahn-
techniker, riss die Baracken ab und baute dort ein
schickes Einfamilienhaus. Vor der Garageneinfahrt
prangte dann einige Jahre ein lustiges Schild, mit einem
bunten kleinem Auto und der Aufschrift "Bitte hier
nicht parken! Kleiner muss öfters mal raus!"

Bi das Glas nit kaputt ging

Es ist drei Jahre nach der Wende in Salzinger auf dem Haad. Irgend eine neue Kleinmesse mit netten Waren aus den alten Bundesländern - speziell aus Oberfranken und Hessen. In einer Kiste eines Fenstermachers aus Bad Hersfeld liegen mehrere Hundertmarkscheine unter einer Kunststoffscheibe. Daneben liegt ein Hammer. Und wieder daneben steht auf einer weißen Tafel mit roter Schrift, "Wenn sie diese Scheibe zertrümmern können, gehört das schöne Geld ihnen!" Angetrunkene Handwerker aus der Region Südthüringen versuchen es, wie beim Schützenfest "Hau den Lukas".Ergebnis, der materialischen Schläge der muskelbepackten Männer mit dem Vorschlaghammer .....keine Chance! Die Kunststoffscheibe ist aus Lexan, ein unzerstörbares Zeug aus der amerikanischen Rüstungsindustrie für Panzerfensterchen der Atillereibeobachter und der Hubschrauberkabinen. Es ist Kunststoffzeug aus Kohlenstoff-Langkettenmolekülen. Praktisch unkaputtbar/ unzerstörbar. Ein Fenstermacher aus Bad Hersfeld hat ein Kästchen als simplen Werbegeck für die seiner Meinung unwissenden Thüringer aus Salzinge aufgestellt, damit sie nun endlich seine unzerstörbaren Fenster doch bitter ergebenst kaufen möchten. Ein kleiner fast glatzköpfiger Mann mit dem komischen Spitznamen "Sixe-Maxe-Molly" im grauem abgewetzten Anzug erscheint und holt aus seiner ausgebeulten Manteltasche ein komisches abgestuftes Trinkglas heraus. Es ist so ein komisches Ding zwischen Bierglas und Brauselimonadenglas. Das drückt er dem Besitzer des Messestandes in die Hand mit den Worten, "Wenn du das an einem Stein geworfen, kaputt bekommst, bekommst du Hundert Mark, wenn nicht, bekomme ich die Hundert Mark." Der Mann aus Hersfeld greift ohne viel Gewese zum Hammer und will auf die Wette eingehen. Der Graue sagt, es geht um den Stein und das Glas - nicht um den Hammer. Draußen vor dem Zelt, wenige Schritte daneben auf dem Haad liegt ein heller Granitstein, ein Grenzstein an einer Gartenanlage in der Nähe der Werra am alten Wehr. Der Hesse schnappt das komische Glas und wirft auf den Stein. Der erste Wurf geht voll links daneben. Der Hesse grinst und meint laut, "Das gilt nicht!" Der Graue nickt gelangweilt. Der Hesse wirft noch einmal. Das Glas fliegt rechts am Grenzstein vorbei. Der Hesse grinst noch mehr und meint laut, "Das gilt immer noch nicht!" Beim dritten Wurf endlich, trifft der Hesse mit dem Stufen-Glas den Grenzstein. "Pliiinng" geht es und das Glas fliegt wie ein Tennisball senkrecht einige Meter in die Höhe und landet dann sanft und ohne einen Kratzer im Gras. Der Hesse will nicht die Hundert Mark zahlen, - es wäre Betrug! Ein Glas an einen Stein geworfen, hat kaputt zu gehen. Er berappt dann aber mit schiefer Miene, weil Zuschauer der Ereignisse aus Salzinge zum grauen Lieferanten des komischen Glas halten. Einen Meter vor dem Grenzstein knallt dann der Hesse wütend viermal das komische Glas mit größter Verzweiflung und Kraft an den Grenzstein. Wie ein Tennisball hüpft das SUPERFEST-Glas durch die Gegend. Am Ende ist er noch einen Hunderter los. Die Gläser nannten sich im ersten DDR-Gebrauch "Wirteglas"/ "Superfest-Trinkbecher. Das Unternehmen, welches das entwickelt hatte, war das "Glaswerk Schwepnitz". Design der Stufengläser machte 1973 Margarete Jahny und Erich Müller. Wer so ein stapelbares Stufenglas auf einem Trödelmarkt im Osten Deutschlands erwischt, macht mal folgendes. Aus 80 cm Höhe auf das Straßenpflaster fallen lassen! Ist das Glas kaputt, Schwamm drüber, dabb ist es wohl nicht aus Schwepnitz.

Fallschirmjäger

1985 ist Knut 10 Jahre alt und stolzer Besitzer eines Spielzeugdrachens aus der CSSR, den ihn die Mutti von einem Urlaubstrip mitgebracht hat. Der Drache ist ein kleiner Fallschirm mit einem kleinen Plastikfallschirm-springer an den Fallschirmstrippen. Knut lässt eines Nachmittags hinter dar katholischen Kirche, wo jetzt das Arbeitsamt steht, den feinen Fallschirm-Drachen bei bestem Westwind fliegen. Zu gleicher Stunde ver-anstaltet der damalige Rat des Kreises Salzinge (300 Meter von diesem Tatort entfernt) die jährliche Kriegs- und Zivilverteidigungsübung. Also Annahme, es ist Krieg in Thüringen und die sozialistische Kreisverwal-tung spielt alle möglichen Fälle durch. Bombenabwurf, Saboteure, Atombomben über Erfurt und wer weis was noch für ein Blödsinn zum Ende des kalten Krieges. Al-les dort ist in hellster Aufregung. Kradmelder flitzen mit Lagemeldungen hin und her. Jede Abteilung der Ver-waltung hat höchstwichtige Aufträge abzuwickeln. Die Telefone laufen sich heiß. Und da meldet einer dieser Strategen, dass hinter der katholischen Kirche ein Fall-schirmspringer in der Luft hängt. Irgend jemand sieht dann wirklich zum Fenster und wirklich.....Ein Fall-schirmspringer hängt da in der Luft und beobachtet den Kriegsstab des Rat des Kreises Salzinge real und wirklich aus der Luft! Keiner glaubt es erst so richtig.

Tatsache ....mehrere, welche sich nun auch ans Fenster hängen, sehen mit eigenem Augen den besagten Fallschirmspringer. Nur die sozialistischen Kriegspielstrategen haben kein Fernglas und sind oftmals Brillenträger mit ungenau geschliffenen Gläsern oder schlicht und einfach kurzsichtig und ohne Brille. Und so geht eine Alarm-Meldung in die zwei Kilometer entfernte Panzerkaserne auf den Salzunger Golan Höhen und das Unheil nimmt seinen Lauf. Die komplette Panzerdivision wird in eine reale Kriegs-Gefechtsbereitschaft wegen eines "realen tatsächlichen!" Luftlandeangriffs auf den Rat des Kreises Salzinge versetzt. "Daaaaas ist keiiiiiine Übung!........Es geeeeeht looooos!" Da das dauert, bis die dort ihre Motoren heissgelaufen haben, oder überhaupt ausrücken, weil ja weiter hin und her telefoniert wird. ....Der oder die Fallschirmspringer hängen immer noch in der Luft über der katholischen Kirche und so alarmiert man auch das ortsansässige Polizeikreisamt, welche sofort den schnellsten einzigsten Sechzehnhunderter Polizei-Lada hinter die katholische Kirche beordert. Umständlich muss nun noch die Waffenkammer geöffnet werden um vorsichtshalber die Kalaschnikow Maschinenpistolen nebst einer genügenden Menge Munition mit zu nehmen. "Man kann ja nie wissen!?" Und los geht mit Blaulicht und Martinshorn die wilde Jagd zur katholischen Kirche. Da steht der kleine Knuti mit seinen Freunden auf dem Rübenacker hinter der

Katholischen Kirche und lässt stolz seinen tschechischen seltsamen Drachen im Fallschirmspringer Design steigen. Die lassen den verdatterten Knut den Drachen, das Korpus Delikti einholen und stopfen ihn in den Streifenwagen. Knut ist nun buchstäblich vorläufig zur Klärung eines Sachverhalts festgenommen. Ich komme eine halbe Stunde später von meiner Arbeit nach Hause und treffe Knuts Freunde und Nachbarn, die die Verhaftung life miterlebt haben, wild diskutierend in heller Aufregung vor dem Hause an. "Knut ist verhaftet worden, weil er einen Drachen auf einem Gurkenfeld steigen lies" hieß es. Ich war obertotal baff!!

Ein Anruf im Volkspolizei Kreisamt bringt keine vernünftige Antwort, sondern sinnloses Gestammel. Ich solle aber sofort in das Volkspolizei Kreisamt zur Klärung eines Sachverhalts erscheinen. Ich bin dann sofort mit Bleifuß und ohne die 50 km Beschränkung im Ortsbereich einzuhalten hingefahren. Als ich dort war, sehe ich nur grinsende Gesichter und bekomme die Auskunft, der Knut ist zum Rat des Kreises gebracht worden und wäre inzwischen wieder zu Hause. Warum? Wieso? Was ist los???? Keine klärende Antwort. Man fragt mich nur, woher der Drachen wäre. Betretenes Schweigen auf meine Fragen ob Drachen steigen für kleine Kinder nun verboten wäre. Alle anwesenden Polizisten wenden sich ab und lassen mich einfach stehen. Als ich wieder zu Hause bin, ist inzwischen Knut wieder da und wird total verschreckt vom Mutti getröstet. Der Drachen wurde nach seiner Befragung konfisziert und landete ohne Kommentar Tage später in unserem Briefkasten ohne Absender und Entschuldigungsschreiben. Was man unseren Sohn Knut gefragt hat, bekommt Knut kaum zusammen, so verstört war er. Er wäre nur noch im Rat des Kreises gewesen und hätte dort seinen Drachen gezeigt. Mehr wusste er nicht.Erst Tage später erzählt mir ein Mitarbeiter des Rates des Kreises den ganzen Zusammenhang und einige markante Details von der "Kriegsübung". "Die haben eben mal wieder verrückt gespielt. Hake es ab und halte die Fresse!"An dieser Lapalie, so lustig und so ernst sie war, kann man sehen, dass wir noch Mitte der Achtziger Jahre auf einem Pulverfass gelebt haben. Ein kleiner Junge mit einem Spielzeugdrachen hätte auch den 3. Weltkrieg in Salzinge auslösen können! 1983, zwei Jahre vorher sang Nena das Lied <u>99 Luftballons</u>.

„99 Luftballons entstand vor dem Hintergrund der letzten Phase des Kalten Krieges in den 1980er Jahren in Deutschland. Aufgrund des NATO-Doppelbeschlusses von 1979 begann 1983 in Deutschland die Stationierung von atomaren Pershing-II-Raketen. Diese nukleare Aufrüstung führte zu Befürchtungen, dass die Gefahr eines Atomkrieges steige, und stieß daher auf massive Widerstände in der Bevölkerung. Diese formierten sich in der Friedensbewegung der 1980er Jahre."

Der Dreher

Es ist Montag, es ist der 1. September in einem Jahr, das mal mit der Zahl 1960 in den Kalendern stand. Ich bin früh aufgestanden um fünf Uhr dreißig. Mutter machte ein kräftiges Frühstück. Nur, ich konnte nichts essen. Von drei Eiern ein halbes. Ich war verwirrt. Ich war konfus, ich war verunsichert. Die Schule war zu Ende, aus der man mich wegen Frechheit und Faulheit raus geschmissen hatte. Ich sitze in der Küche und blicke zum Fenster hinaus und sehe die Birkenblätter im Morgenlicht flimmern. Die haben die ersten braunen Blätter. Der erste September ist ein Frühherbsttag, wo die Ernte eingefahren ist. Ich habe noch nie eine Ernte eingefahren. Ich bin 14 Jahre und bin dürr, ich habe kaum ordentliche Sachen anzuziehen, ich fühle mich mickrig, klein und unbedeutend. Viele Pickel blühen in meinem Gesicht. Mit einem feuchten Traum bin ich aufgewacht. Die nasse Schlafanzughose habe ich in der Toilette runter gespült. Noch drei Monate danach sucht meine Mutter die blau gestreifte Hose, die sich dann in der Fäkaliengrube zersetzt. Mein Vater frisst die zwei ein halb Eier, die ich nicht gegessen habe. Er spricht nicht dabei, er kaut. Immer fetter wird er, denke ich, wird der Alte. Nicht von den Eiern. Er säuft. Jeden Tag so zwischen sechs und zwölf Flaschen Köstritzer Schwarzbier. Opa furzt und grinst und kommentiert, dass Meister Schorsch, mein zukünftiger Lehrmeister schon streng aber nett wäre. Papa sagt, Schorsch wäre ein Arschloch, ein Siedlersohn, der 1938 in das acht mal acht Meter Siedlungshaus seines Vaters geerbt hätte. "Arme Schweine sind das, die sich so ein klitzekleines Haus bauen müssen" meint Vater Robert. „Unser Haus ist elf mal elf Meter und liegt in einem fast „Villenviertel". Der Treppenaufgang knarrt. Die untere Etage mussten wir vermieten an Frau Stiegelhahn. Eine Waffen SS Witwe. Opa isst keine Eier, er futtert ein Fettbrot und trinkt Pfefferminztee. Mutter füllt eine Thermoskanne mit Pfefferminztee. Die bekomme ich in eine Tasche gepackt mit zwei belegten Butterbroten. Bierschinken vom Fleischer Baueracker liegt zwischen den Brotscheiben. Bierschinken riecht nach toten Schweinen und viele tote Schweine werde ich in den nächsten Jahren in meinem Magen verdauen. Ziegenfleisch wäre mir lieber, nur Ziegen gebraten oder als Wurst gab es damals selten in Thüringen." Aus dir wird nichts" sagt mein Vater als er mich auf der knarrenden Treppe zu meinem ersten Arbeitstag als Lehrling verabschiedet. Mutter hält eine Hand mit einer Faust am Mund und hat Tränen in den Augen. „Du bist jetzt erwachsen!" sagt sie und lächelt freundlich dabei. Opa brüllt aus der Küche „Hör auf Schorsch, dann hast du keine Probleme!"

Die erste Einweisung, die ich eine Stunde später im Pressenwerk Salzinge von Meister Schorsch bekomme, ist die Einweisung in die Stempelmaschine, die seit 1936 dokumentiert, wann man die Fabrik betritt und wann man die Fabrik wieder verlässt. Die Stempelmaschine ist zuverlässig. Nur, die Maschine ist alt. Sie ist 1960 einunddreißig Jahre alt und die Stempelfarbbänder sind ausgenuddelt. Nach zwei Wochen habe ich den Trick raus, dass sie die Minuten nicht mit stempelt. Arbeitsbeginn ist 7.00 Uhr. Der Meister Schorsch kommt erst um Acht. Nach drei Wochen komme ich regelmäßig später bis mich jemand verpfeift. Ich bin dann pünktlich dann aber alleine nur wegen der Doris, einer technischen Zeichnerin aus Möhra, die mit ihren Stöckelschuhen vor mir her wackelt, wenn ich pünktlich komme. Doris beachtet mich nicht. Ich rieche Doris durch den Dunst und Qualm der Gießerei, die beim Schichtwechsel am frühen Morgen den Graugußabstich macht. Schwefel, Salzgeruch, der Geruch des heißen Formsandes und des über tausend Grad heißen Gußstahles kann den Geruch nicht ausgleichen. Doris riecht nach Hinterherlaufen und ich bin wie ein Hund, der sowas riecht. „Weiber sind was feines", denke ich und meine Maschine, an der ich die Dreherei lernen soll, heißt auch so. "WEIPERT, Ferdinand FC.Weipert". Irgendwo in der Betriebsanleitung fand ich, das die Firma aus Heilbronn der Spezialist in Deutschland für Jauchepumpen ist.„Planet" heißen die Dinger. Scheißpumpen, Schissepummer - irgendwann bekomme ich auch mit, ich drehe hier Teile für die Russen in Ohrdruf.

Hoheneck - Mitropa - Silge

Ich sitze in der Bahnhofskneipe, weil es sich so ergab. Da knallt ein abgewetzter Koffer neben mir auf den abgewetzten Stuhl und gegenüber platzt sich eine kleine dürre Blonde hin. Sie hat ein saufreches Gesicht. Mensch, ist die dürre. Du siehst kaum was, das es eine Frau ist. Die Augen leuchten aber wie die Lichter vom Meininger Nachtzug. Ein Bier, ein Korn ein Bier ein Korn trinkt sie hastig herunter und futtert eine Bockwurst mit einem halben Becher Bornsenf. Aus Hoheneck kommt sie. "Sagt Dir Stollberg - Hoheneck was?" Murmelt sie mit vollem Bockwurstmund. Hoheneck sagt mir nichts. Nach dem schiebt sie sich eine zweite Wurst zu Bier und zwei Korn in den Mund. Sie zutscht an der Wurst herum, wie man eigentlich keine Wurst behandelt und grinst frech. Dann knallt sie einen riesigen Schlüssel mit altmodischen Bart auf den Tisch. "Der ist von der Abteilung Inneres. Ich soll hier in eine, meine Wohnung in die Silge 15 oder 25. Ich komme aus Hoheneck, ich komme aus dem Frauenknast. Paragraph 249! Ich war eine Arbeitsscheue! Morgen früh stanze ich im Kaltwalzwerk blecherne Mausefallen - das habe ich in Hoheneck gelernt. Zweitausend Stück schaffe ich in der Schicht!" „Wie nach einem Donnerschlach werden alle meine Sinne wach!" Aus Hoheneck, aus dem

Frauenknast. Achtzehn Monate wegen Diebstahl, Urkundenfälschung und asozialem Verhalten. Da ist die doch trocken, wie die Sahara im Hochsommer! Innerlich kloppe ich mir auf die Schulter für diesen Glücksgriff an einem tristen Thüringer Herbstabend.

Sie brauche jemand, der ihr in der Wohnung die Lampe aufhängt und haspelt schon leicht angetütelt eine kleine papiereingewickelte Deckenlampe aus einem Einkaufsnetz. Hätte aber keinen Schraubenzieher für die Lüsterklemmen. Klar, geht doch klar - keine Frage! Und kippe mir meinen Korn in den Hals. "Zahlen! rufe ich der Kellnerin zu. Ich bin wieselflink in die Küche zum Koch und habe einen Minischraubenzieher und eine Kerze erbettelt und sehe noch den langen Hals vom Koch aus einer Luke recken, als ich mit der dürren Blonden durch die klapprige MITROPA Pendeltüre abzog.

Nach einigen Minuten waren wir in dem Haus in der Silge und mir kochte die Hose bald über. Unterwegs schnatterte sie wie ein aufgeregtes Huhn über ihr Lampenproblem über den erlebten Knast und die neue zugewiesene Wohnung. Sie sucht in meiner rechten Hosentasche, ob ich auch den Schraubenzieher dabei hätte. Ich drehe den Schlüssel eine Treppe hoch oben rechts herum und zünde gleich die Kerze an. Es ist ein Loch was ich hier beleuchten soll. Ein Bett, ein Stuhl, ein kleiner Schrank, ein kleiner wackeliger Tisch von dem sofort die Kerze zu tropfen anfängt, weil der Tisch eben wackelt. Keine Straßenlampe leuchtet auch nur einen Lichtstreif in dieses Zimmer. Ratten schwarz dunkel ist es ohne diese Kerze. Die kleine dürre Blonde hockt sich mit angezogenen Beinen auf ihr zugewiesenes Bett und steckt sich den Kopf zwischen ihre Knie. Ihr Rücken fängt an ekstatisch zu zucken und immer mehr und mehr weint sie. Der Kopf kommt dann hoch, dürre Haare kleben um nasse Augen. „Sei nicht böse" sagt sie, „ich habe viele viele Monate nicht mehr in Freiheit geweint. Mach die Kerze aus - die Lampe kannst du mir morgen anbringen - oder ich mach es auch selber. Komm her!"

Mein Zunge findet schnell ihr salziges Gesicht. Sie weint immer noch ein bisschen leise vor sich hin und zieht sich behutsam aus. Ich denke, hier in der Silge wohnten früher mal die Salzarbeiter der Saline. Die schmeckten sicher im Gesicht manchmal auch so ähnlich.

Üsgewannert

Der Salzinger Heimatdichter Ludwig Wucke, interessierte sich für die vielen armen Salzinger Bürger, die um 1848 in die USA auswanderten. (Um 600!). Allein schon, weil er ja selber mal ein Auswanderer nach Holland war. Mit den Salzinger Auswandereren in den USA konnte er aber wenig korrespondieren, weil sie kaum schreiben konnten. Mit Wilhelmine Mylius aus Themar, protegiert vom Sagensammler Ludwig Bechstein schon. Sie entstammte einer gebildeten Thüringer Familie und wanderte 1848 mit ihrer Schwester Ida nach Amerika aus, wo sie zunächst als Buchhalterin in New York tätig war. Später zog sie zu ihrer Schwester und ihrem Schwager nach Kingston in Tennessee. Sie verstarb nach kurzem Glück mit einem Auswanderer um 1853. Der fünfjährige Briefverkehr von Ludwig Wucke mit Wilhelmine Mylius war mir ein wenig bekannt durch Wuckes Publikationen und zufälligerweise Mitte der Neunziger Jahre Gesprächsstoff in einer Nacht in Salzungen bei einem Telefongespräch in die USA zu einem Gunter Taubert aus CliffsidePark.

1995 lerne ich per E-Mail im Internet Guenter Taubert (74) aus CliffsidePark, NY/USA kennen. „Hallo, ich bin der Guenter Taubert aus CliffsideParkNY/USA und habe Deine Homepage im Internet, welches Du für das Hotel Olga in Bad Liebenstein gemacht hast, gesehen und habe ein kleines Problem. Ich bin Deutschamerikaner, seit 1947 in den USA, habe eine kleine Pension, meine Frau ist gestorben und ich möchte gerne Deutsche Gäste bei mir haben. Mache mir mal eine einseitig deutschsprachige Homepage (mein Deutsch ist seit den vielen Jahren in den USA ein bischen seltsam) und platziere diese in old Germany, am liebsten in Meiningen, in meiner ehemaligen Vaterstadt. Wenn's klappt, schicke ich Dir per Scheck erst mal 100 Dollar, wenn es noch besser klappt noch mehr!"

So begann der E-Mail Schriftverkehr mit Guenter. Zwei Wochen später waren die Fotos von seiner Pension bei mir in Salzinge und weitere drei Wochen später hatte ich einen 100 Dollar-Scheck in der Hand. Guenter hatte seine Homepage und nach 2–3 Monaten war Guenter ausgebucht. Da war er ganz happy und ab und zu kamen weitere Schecks als Provision. Meine Bank, mein Steuerberater und mein Finanzamt wunderten sich damals ungemein für was ich aus den USA Schecks erhalte. Das Internet war 1995 in Deutschland noch kein Thema und das man mit einer Homepage Geld verdienen konnte, absolut ein Unding zu dieser Zeit. In meiner Heimatstadt Bad Salzungen hielten mich viele wegen meiner Internetambitionen für einen Spinner.

Aus dieser Anfangs rein geschäftlichen Beziehung entwickelte sich ein reger E-Mail Briefverkehr und als ich per Call Back mit Guenter auch telefonisch billig plaudern konnte eine nette Freundschaft. Guenter machte mir einen Kontakt zur OWC, das war eine klitzekleine Telefongesellschaft in PHONIX/ARIZONA. Guenter wurde mein Marketing-Seniorberater und hatte für alle Fälle die seltsamsten Tips und Tricks parat. Als ich ihm eines Tages erzählte, dass einer meiner Freunde seinen Job verloren hat und er über diesen Zustand total unglücklich war, erzählte mir Guenter, mit welcher Methode er so zwanzig Jahre vorher sich einen neuen Job besorgt hatte.

Er wurde von seinem Chef, welcher Pleite gegangen war, gefeuert und löste kurzfristig sein Einkommensproblem indem er sein Haus zum Teil als Pension einrichtete und an Gäste vermietete. Der Job als Pensions-Hotelier machte ihm aber kein Spaß - er war Stahlhändler und wollte wieder als Stahlhändler arbeiten. Stahlhändlerjobs waren aber damals nicht in seiner näheren Umgebung New York und Cliffsidepark vakant bzw. war ihm unbekannt wo was für ihn frei war.

Ein Gast, ein Beerdigungsunternehmer aus Phoenix/Arizona oder ein Zufalls bekannter in einer Kneipe brachte ihn dann auf die Idee, bei den Beerdigungsunternehmern New Yorks nachzugrasen, wo in den letzten Tagen ein Stahlhändler verstorben war. Er fasste Mut, holte sich einen Beratungstermin bei einem der größten Beerdigungsunternehmen New Yorks und unter dem Vorwand, seinen verstorbenen Vater aus Kalifornien in New York zu bestatten, ließ er sich einen Vorkostenanschlag für ein Begräbnis erstellen. So nebenbei im Beratungsgespräch brachte er den Berater dazu, mal in seiner Kartei nachzusehen, ob in den letzten Tagen ein Stahlhändler verstorben war. Der Berater ging zu einer Kerblochkartensortiermaschine, welche an einem IBM-Großrechner angeschlossen war, ließ ein paar tausend Hollerith-Kerblochkarten durchlaufen und hatte nach wenigen Minuten zwei Hollerith-Karten in der Hand.

Ein „zu beerdigender Kunde" war vor drei Tagen bei einem Verkehrsunfall gestorben, die Beerdigung ist übermorgen und ein weiterer Steeldealer-Kunde war vor zehn Tagen verstorben, die Beerdigung fand schon da und da statt. Nachdem er auch noch die Adressen dem Berater aus der Tasche gezogen hatte, verabschiedete er sich und hatte danach fix per Telefonbuch bei den Witwen der Verstorbenen die Arbeitsstellen recherchiert. Ein paar Anrufe bei der Gewerkschaft und bei den jeweiligen Unternehmen brachte ihm die Information über spezielle Arbeitsaufgaben, Arbeitsumfang, Salär usw.

Kurz darauf stand Guenter bei diesen Unternehmen auf der Matte und hatte sich zum jeweiligem Chef des verstorbenen Mitarbeiters unter einem Vorwand vorgearbeitet und brauchte nur noch das Thema auf die Tatsache zu lenken, dass er ein ausgebuffter Stahlhändler wäre. Bei beiden Unternehmen bekam er sofort die Zusage in der nächsten Woche Montag um neun Uhr in seinen neuen Job zu starten. Guenter suchte sich einen Job mit leckeren Konditionen aus und beendete seine Hoteliertätigkeit. An und für sich wäre jetzt die Geschichte zu Ende. Guenter hatte wieder seinen geliebten Stahlhändlerjob und war glücklich und zufrieden. Aber das war er nur fast. Die Möglichkeit gleich zwischen zwei Jobs zu wählen, brachte ihn weiter auf die Idee, sein Einkommen weiter mit dieser Methode nach oben zu optimieren. Und so ging Guenter in den darauf folgenden Wochen und Monaten weiter auf die Pirsch. In der Millionenstadt New York starben damals die Stahlhändler statistisch gesehen wie die Fliegen. Guenter sauste mit Blumensträußen auf Beerdigungszeremonien herum, besuchte Gedenkgottesdienste in allen möglichen Kirchengemeinden, besuchte Witwen und besuchte potentielle Chefs. Innerhalb eines Jahres wechselte Guenter dreimal seinen Arbeitgeber und als er im mittleren Management eines Rüstungsbetriebes angelangt war, war diese Hatz zu Ende und Guenter hatte seinen Traumjob Jahre bis zu seiner Pensionierung. Die Pension machte er erst einmal dicht und machte sie erst aus lauter Langeweile nach seiner Pensionierung wieder auf.

So, jetzt wäre an für sich die Guenter Taubert Gedächtnismethode erklärt. Aber die Geschichte in diesem Zusammenhang ist noch nicht ganz zu Ende. Ein wenig hat das alles noch mit der Geschichte der EDV zu tun. Zum einen mit den Kerblochkarten, welche schon damals in den USA mit IBM-EDV-Strukturen verbunden waren. Die Kerblochkartenmethoden - an und für sich ein alter Hut - denn die gab es schon in den USA seit einer Volkszählung 1890. Guenter führte in all seinen späteren Jobs jede nur damals mögliche EDV gestützte Bürokommunikation ein wo sie noch nicht war und Guenter wurde besonders auch durch berufliche Kontakte in der Rüstungsindustrie zu einem Network-Worker. E-Mail und Dateitransfer wurde für Guenter zum alltäglichem Kommunikationswerkzeug.

Schon damals verkaufte man Stahl in den USA - besonders in Form von Rüstungsgütern an die Regierung per Datennetz. Als Guenter zu Hause in seiner Pension Ende der 80er Jahre saß, hatte er auch einen der ersten PC's mitgenommen und war per Modem im Internet und dem Fido-Netz online. Hatte er mal einen User am Draht, der seinen Job verloren hatte, bzw. mit seinem gegenwärtigen Job nicht zufrieden war, der bekam weltweit detailliert Guenters Jobbesorgungsmethode offeriert. Mancher traute sich nicht, aber mancher legte auch in Australien los mit Gunters Methode und fast jeder, der diese Methode anwandte, hatte Erfolg.

Guenter sammelte die Ergebnisse und wenn der jeweilige „Erfolgreiche„ die Erlaubnis gab, kamen weitere Erfahrungen der Nutzer dieser Methode per Attatchement/Anlage hinzu.

Nach Guenters Erzählen landeten diese Tipps auch in Peking bei einer Studentin, welche die "Guenter Taubert Gedächtnismethode" in ihrer Familie Abends beim Reis erzählte. Tags darauf kam die Antwort, das wäre in Peking ein alter Hut, das gibts dort professionell schon seit 1000 Jahren. Die Informationen über vakante Jobs und besonders gute Positionen in der Verwaltung würden dort regelrecht von Beerdigungsunternehmern entsprechend behandelt, das gehört dort zum Beruf. Das bisschen schlechte Gewissen, welches Guenter wegen seiner Art der Leichenfledderei hatte, war damit total weggefegt und Guenter mailte mir begeisternd diese Nachricht. Jetzt wäre die Geschichte aber zu Ende. Ist sie aber noch nicht. Guenter plante im Frühjahr 1998 zu einem Konfirmationstreffen in seine deutsche Heimat zu fahren. Aus gesundheitlichen Gründen sagte er ab und ich wurde von Guenter gebeten, seinen ehemaligen Konfirmanden einen E-Mail-Brief von ihm zu verlesen. Er war der Auffassung, das jemand persönlich ihn wenigstens für einige Minuten vertritt. Guenter ahnte, dass er nicht mehr lange zu leben hatte und diese Ahnung bestätigte sich. Eine Woche vor dem Klassentreffen starb Guenter. Als ich dann bei diesem Klassentreffen Guenters Brief in Walldorf verlas, flocht ich die Job-besorgen-Story Guenters mit ein und erwähnte, das es eigentlich ganz natürlich ist, das mit dem Tode ein Mensch wieder Platz für einen anderen Menschen schafft und wenn es „nur" für einen neuen Job ist.

Einige Wochen nach meiner Gedächtnisrede anlässlich des Konfirmandentreffens erhalte ich einen Anruf aus Meiningen: „Sie haben doch Gunter Taubert-Methode wieder Arbeit zu finden, bei der Konfirmationsfeier erzählt - vielen Dank von meinem Enkel, was soll´s, der hat jetzt einen Job mit dieser seltsamen Methode ergattert - in der Nähe von Meiningen ist ein Installateurlehrling mit seinem neuen Auto frontal vor einem Baum gefahren mit Todesfolge, mein Enkel hat seine Lehrstelle jetzt". Hier in Berlin, meint jemand neulich: "Da geht jeden Tag in Berlin in der Charité ein Manager am Herzkasper hops und seine Stelle wird blitzschnell halt wieder frei."

Version 31.07.2017

Inhaltsverzeichnis

Weitere Bücher von Richard Hebstreit:

goo.gl/v4uM3E